萨拉米斯的士兵

[西班牙] 哈维尔·塞尔卡斯 著
侯健 译

Soldados
de
Salamina

Javier
Cercas

人民文学出版社

著作权合同登记号　图字01-2020-7059

Javier Cercas
SOLDADOS DE SALAMINA
© Javier Cercas, 2001
Simplified Chinese translation copyright © 2021 People's Literature Publishing House
All rights reserved

图书在版编目(CIP)数据

萨拉米斯的士兵/(西)哈维尔·塞尔卡斯著;侯健译.—北京:人民文学出版社,2021
ISBN 978-7-02-016195-9

Ⅰ.①萨… Ⅱ.①哈…②侯… Ⅲ.①长篇小说—西班牙—现代 Ⅳ.①I551.45

中国版本图书馆CIP数据核字(2020)第063690号

责任编辑　张欣宜
装帧设计　李思安
责任校对　杨益民
责任印制　任　祎

出版发行　人民文学出版社
社　　址　北京市朝内大街166号
邮政编码　100705
网　　址　http://www.rw-cn.com

印　　刷　三河市中晟雅豪印务有限公司
经　　销　全国新华书店等

字　　数　143千字
开　　本　850毫米×1168毫米　1/32
印　　张　7.125　插页3
印　　数　1—6000
版　　次　2021年1月北京第1版
印　　次　2021年1月第1次印刷

书　　号　978-7-02-016195-9
定　　价　54.00元

如有印装质量问题,请与本社图书销售中心调换。电话:010-65233595

目录

译者前言 …………………………… 001
作者致谢 …………………………… 001

第一部分　林中之友 ………………… 001
第二部分　萨拉米斯的士兵 ………… 061
第三部分　斯托克顿之约 …………… 125

2015 版后记 ………………………… 197

译者前言

哈维尔·塞尔卡斯(1962—)是西班牙当代著名作家,毕业于巴塞罗那自治大学文哲系,曾赴美国伊利诺伊大学访学,后在西班牙赫罗纳大学任教,长期为《国家报》等报纸杂志撰稿,同时致力于文学翻译。作家的《骗子》一书曾在我国获评2015年度"21世纪年度最佳外国小说"奖和"邹韬奋年度外国小说"奖,并于次年由人民文学出版社出版,《萨拉米斯的士兵》是作家被译成中文的第二部作品,也是他最负盛名的代表作。

《萨拉米斯的士兵》大致情节如下:1939年,西班牙内行将结束,在法西边境发生了共和国士兵枪决佛朗哥支持者的事件,西班牙长枪党创始人拉斐尔·桑切斯·马萨斯就在被枪决人员之中,可他却奇迹般地逃离了枪决现场。但是桑切斯·马萨斯在雨中森林藏匿身形的想法最终落空,他还是被一个共和国士兵发现。然而在两人沉默对视了半晌之后,士兵却回应同伴说没人藏在那里,桑切斯·马萨斯就这样活了下来,还在战后政府中担任了重要职务。那个共和国士兵究竟是谁?他为什么做出了这样的决定?带着这些疑问,小说中的叙述者、一位与作家本人同名的记者开展了一系列调查。

《萨拉米斯的士兵》西文原版出版于2001年3月,是哈维尔·塞尔卡斯的第四部作品。在这本书出版之前,作家本人就如同这部小说中的叙述者一样,只能算是位郁郁不得志的作家:"1989年我出版了自己的第一本小说,和在那之前两年出版的短篇小说集一样无人关注……作家生涯从来就没有真正开始过。"可是《萨拉米斯的士兵》出版后迅速成为畅销书,首印6000册,一个月内即告售罄,此后销量逐步上升。同年9月,巴尔加斯·略萨在《国家报》上题为《英雄之梦》的评论文章里指出:"(《萨拉米斯的士兵》)是一本精彩绝伦的小说,事实上,它是我在很长时间里读过的最棒的小说之一,理应收获更多读者。"这话很快就变成了现实,《萨拉米斯的士兵》在当年共计售出12万册,成为进入新千年后西班牙文学出版界的第一件盛事(在2007年它突破了百万册销量)。此后,《萨拉米斯的士兵》热度不减,在不断再版的同时也被译成了多门语言,在西班牙、英国、意大利、智利等国斩获十余种文学奖项,哈维尔·塞尔卡斯之后出版的小说也总是会出现在各大畅销书排行榜上。按照西班牙文学评论家多明戈·罗德纳斯·德莫亚的话来说,哈维尔·塞尔卡斯就如同加西亚·马尔克斯和翁贝托·埃科一样,是一位作品兼具文学性与畅销性的作家。

2003年,西班牙导演大卫·特鲁埃瓦将《萨拉米斯的士兵》改编成了同名电影,同样取得了巨大成功。2004年,影片获西班牙戈雅奖8项提名,并代表西班牙参评了当年的奥斯卡最佳外语片奖。影片的成功进一步拉动了作家和原著小说的知名度。

《萨拉米斯的士兵》为何会在全世界范围内(尤其是西班牙本土)获得如此巨大的成功？我们不妨从现实与虚构两个角度来初步探索一下这个问题的答案。

从现实意义来看，在小说出版的2001年，西班牙内战已经过去六十余年，西班牙也早已从佛朗哥独裁统治转向民主政体，在未经历过内战的青年一代眼中，西班牙内战就如同发生在希腊与波斯帝国之间的萨拉米斯海战一样遥远虚无。《骗子》一书中译本的译者前言中有这样的表述："到了二十世纪九十年代，原本对过去的一切一无所知也丝毫不感兴趣的战争时期那一代人的孙辈，却发现所谓的'过去'并没有过去，至少仍是现在的一个组成部分，因而对历史产生了浓厚兴趣，并开始了对过去的迷恋和对英雄的崇拜。"如果说《骗子》揭开了假英雄的伪装的话，那么《萨拉米斯的士兵》就针对"英雄"这一概念本身提出了质疑：在内战之中，究竟哪些人才算得上是英雄？在本书中，作者多次提到德国唯心主义哲学家奥斯瓦尔德·施本格勒的一句名言："到了最终时刻，拯救文明的总是一队士兵。"那么内战的胜利一方、西班牙国民军和长枪党算得上英雄吗？抑或那些抛头颅洒热血的共和国战士(乃至国际纵队战士)才是真英雄呢？这些问题可能是仁者见仁，但相信读过本书的读者一定都会认同，那个放走桑切斯·马萨斯的共和国士兵是位英雄。我们且不剧透故事叙述者最终是否找到了那位士兵，但静心思考一下就会发现这种追寻本身就是个几乎不可能完成的任务，因为比起某一位共和国士兵来，他要寻找的更像是一个群体，也就是所有那些在内战中败走的共和国士兵,这些曾经为西班牙的未来赌上性命的战士却在战后被永久地遗忘了,没有人记得他们,也没有人在乎后来在他们身上又发生了什么,这种情况不仅出现在佛朗哥治下的西班牙,在民主西班牙时期也依旧如此。可以说,《萨拉米斯的士兵》成功的根源就在于唤醒了针对这一问题的全民族群体性记忆。

实际上,在《萨拉米斯的士兵》出版之前,西班牙文坛就已经出现过数量众多的以内战为背景的文学作品,内战题材似乎已经逐渐失去了生命力,可随着《萨拉米斯的士兵》所取得的重大成功,该题材又焕发了新的生机。评论家诺拉·卡特里在2002年11月9日的《国家报》上发表的评论文章就认为"在2001年,所有先于哈维尔·塞尔卡斯的这部小说出版的内战题材小说都变成了过去时",并将之称为"塞尔卡斯效应"。不过也有评论家指出,与其说《萨拉米斯的士兵》是一部关于内战的小说,不如说它是一部关于文学理想的小说,因为小说叙述者是在追寻自身文学梦想的过程中(叙述者想写一部名为《萨拉米斯的士兵》的小说)逐步挖掘出内战时期的那段历史的。实际上,"寻找"一直是伟大文学作品中反复出现的主题之一,追寻文学梦想也好,寻找被遗忘的英雄也罢,叙述者通过这诸多的"寻找",最终在重构了自身的同时也重构了本民族的历史,使得个人理想与公众需求相吻合,这无疑是本书取得成功的另一个原因。

从文学创作技巧的层面来看,哈维尔·塞尔卡斯为这部小说找到了(可能是)最契合主题的表现形式:非虚构小说,这其实也是作家本人长期坚持的创作风格。所谓非虚构小说,往往取材于真人真事,再以虚构文学的创作技巧进行加工,它与历史小说等同样包含诸多真实元素的文体的最大不同之处就在于现实与虚构的界限最大程度模糊化了,读者无法从文本中看出哪些材料是真哪些是假,结果往往是使读者忽略掉文学加工的痕迹,而将自己代入到真实感十足的故事情节中去。以本书为例,小说叙述者与作家本人同名同姓,年龄也一致,小说中出现了作家写过的其他作品,如罗贝托·波拉尼奥、安德烈斯·特拉彼略等出场人物在现实生活中也确实是作者的好友,小说第二部分甚至可以被看作是桑切斯·马萨斯的真实个人传记……就是这种打破了现实与虚构界限的写法增加了故事的说服力,使米拉莱斯等共和国士兵、桑切斯·马萨斯、"林中之友"等人物更加贴近读者,也间接促成了小说的成功。笔者认为,探究故事情节的真假并不是阅读这本小说(乃至阅读所有小说)的首要任务。列夫·托尔斯泰在回答《战争与和平》中对拿破仑对俄战争的描写真假几何的问题时曾保证说,那部小说和历史书一样真实,这样说的实际原因是他认为历史书的作者和小说家的写作方式并没有什么不同,没有什么是绝对真实抑或绝对虚构的。翁贝托·埃科也曾在一篇文章中提到过曾在英国进行的一项问卷调查,调查结果是有四分之一的英国人认为丘吉尔只是个虚构人物。再联想到就三国时期的历史而言,比起《三国志》来,我们似乎更愿意相信《三国演义》中的描写,那么针对《萨拉米斯的士兵》中真实与虚构成分的争论也就可以停歇了。

此外,作家在这部小说中还采用了许多其他现代小说的创作技巧,这也是其"文学性"的体现之一,例如小说结尾处对米拉莱斯是否就是那个放走桑切斯·马萨斯的士兵的谜团进行解答时，采用了"材料隐藏法"，使得"此处无声胜有声"；在讲述故事主线时插入了罗贝托·波拉尼奥在野营地打工等其他许多故事，这是"中国式套盒"手法……类似的例子还有很多，笔者在此不再进行一一列举。需要再提一点的是这部小说在整体结构布局上的特点：小说包含了两个双重故事，并且在最后全都合二为一，构成了一个和谐的整体。第一个双重故事是寻找放走桑切斯·马萨斯的共和国士兵的故事（小说第一部分）和拉斐尔·桑切斯·马萨斯的人生经历（小说第二部分），这两个故事最终在第三部分交织在了一起。第二个双重故事具有元小说的特点，即小说的故事情节又包含了小说本身的创作过程，小说的叙述者想要创作一部名为《萨拉米斯的士兵》的小说，于是为此搜集线索素材，可这一过程本身又是这部小说的故事内容，在故事最后叙述者终于构思出了《萨拉米斯的士兵》，与此同时，我们手中的这本小说也画上了句号。就同如《百年孤独》的最后，羊皮纸上关于家族百年命运的谜团揭示的时刻，也同时意味着书中家族命运的终结以及整部小说的结束，同样的手法早在四百多年前就由哈维尔·塞尔卡斯的同胞塞万提斯在巨著《堂吉诃德》中使用过。

另外值得一提的是本书书名的含义。萨拉米斯海战发生在公元前480年，是希波战争中具有决定意义的战斗，最终希腊舰队以弱胜强，重创波斯舰队。萨拉米斯海战不仅奠定了希腊海上帝国的基础，同时还标志着强大的波斯帝国走向衰落。许多历史学家认为萨拉米斯海战是一场"拯救了西方文明"的战斗,哈维尔·塞尔卡斯以此作为本书书名,强调了西班牙内战对西班牙文明发展进程的重大意义。此外,正如上文提到的那样,作者认为对于青年一代而言,西班牙内战就像萨拉米斯海战一样遥远虚无①,这又显示出了作者希望人们铭记历史的强烈使命感。

哈维尔·塞尔卡斯文风清晰明快,语言流畅,笔者在翻译的过程中对这种风格进行了保留。不过在小说最后,作者用一个长段(原文占近五个版面)来描写故事叙述者从法国返回西班牙的路程中的经历和心理活动,其时该人物刚刚结束了与共和国士兵米拉莱斯令人动情的对谈,同时在返程火车的餐车上饮了酒,因此这段描写多用长句,词序有时颠倒混乱,甚至有许多句子省略了标点,这些均为作者有意为之,目的是更好地还原书中人物彼时的真实情感,因此在翻译时也对这样的原文风格进行了保留。

在二十一世纪初,由于在赫罗纳大学任教的缘故,居住在巴塞罗那的作者决定全家搬回赫罗纳居住(作者四岁时全家迁居赫罗纳)。《萨拉米斯的士兵》中的出场人物之一、其时已凭借《荒野侦探》获得罗慕洛·加列戈斯文学奖的智利作家罗贝托·波拉尼奥在《赫罗纳日报》发表了一篇题为《哈维尔·塞尔卡斯回家》的文章,他在文章里写道:"塞尔卡斯回家的目的是把他脑袋里装着的许多伟大小说写下来,同时变成用我们这门语言写作的最好的作家之一。"波拉尼奥的预

---

① 小说正文中有这样的描写:"我发现自己从来都没有想过经历过内战的许多人依然健在,内战一直以来对我而言完全不是一场发生在六十年前的战争,而像是和萨拉米斯海战一样久远。"

言成真了。在《萨拉米斯的士兵》成功之后,哈维尔·塞尔卡斯又创作了《光速》《解剖时刻》《边界法则》等多部高质量小说,2017年,作家回归内战题材,以自己家中一位十九岁即死于内战的长枪党党员亲人为素材创作出了长篇小说《阴影的君主》,再次登上西班牙各大畅销榜。我们希望哈维尔·塞尔卡斯能保持创作激情,为读者奉献出更多优秀的文学作品,同时也希望作家有更多作品被译成中文,早日和我国读者见面。

译　者
2019年2月于江苏常州

献给劳尔·塞尔卡斯和梅尔赛·马斯

诸神不让人类知道生活的方法。

——赫西俄德《工作与时日》

作者致谢

本书是大量阅读和长谈的结晶。我已经用真实姓名将许多给我提供了巨大帮助的人在书中记录了下来；我想在此对另外许多没有出现在书里的朋友进行感谢，他们是：何塞普·克拉拉、约迪·格拉西亚、埃连特和让·玛丽·拉沃、何塞·卡洛斯·玛伊内尔、娜塔莉亚·莫莱罗、何塞普·玛利亚·纳达尔以及卡洛斯·特里亚斯，此外我还要特别感谢莫妮卡·卡尔巴霍萨，她的博士论文《"二七年一代"的散文：拉斐尔·桑切斯·马萨斯》对我完成此书有巨大的帮助。对以上所有人，我再次表达自己诚挚的谢意。

第一部分　林中之友

我是在1994年夏天第一次听说枪决拉斐尔·桑切斯·马萨斯事件的,到现在已经过去六年了,这段时间里在我身上主要发生了三件事:第一件,我的父亲去世了;第二件,我的老婆离开了我;第三件,我不再当作家了。我撒了谎,真实情况是这三件事中的前两件是千真万确的,但第三件就不是了。事实上我的作家生涯从来就没有真正开始过,所以也就很难说我不"再"是作家了。更准确地说,我的作家梦是无疾而终的。1989年我出版了自己的第一本小说,和在那之前两年出版的短篇小说集一样无人关注,不过我在那个时期的一位朋友写了篇满是溢美之词的评论文章,再加上自己的虚荣心,这些都使我相信我有朝一日一定能成为一名小说家,而且为了达到那一目标,我必须放弃自己在报社的工作,全身心投入到文学创作中。这个决定造成的结果是持续五年的经济窘迫、体力透支和心理焦虑,外加三本没写完的小说,我还曾经因为心灰意冷而在对着电视的扶手椅上瘫坐了两个月。我的老婆受够了终日以泪洗面,也不想再支付大堆的账单(包括给我父亲下葬的费用)以及继续看我对着关闭的电视发呆,于是她离开了这个家,她走的时候我才刚刚开始从颓废的状态中恢复，我别无他法，只好选择永远遗忘自己在文学上的那些雄心壮志，并且乞求报社能够允许我回去工作。

  那时的我刚满四十岁，还算幸运，报社同意让我回去上班，可能因为虽然我不是一个好作家，但还算是个不赖的记者，不过更大的可能是他们找不到人愿意拿着我以前拿的那点儿薪水去干我之前做的工作。我被安排到了文化组，他们通常会把那些不知道该安排到哪里的人安排到这个组来。一开始，虽然没人明说，但很显然是为了惩罚我的不忠诚（因为在很多记者看来，一个放弃了报刊事业转而去写小说的人和一个叛徒并没有什么两样），他们什么活都让我干，就差让我从街角那家咖啡馆给主编端杯咖啡回来了，只有很少几个同事没有对我冷嘲热讽过。可能时间淡化了我的不忠行为带来的影响：不久之后我就开始写简讯和文章了，还做了些访谈。1994年7月，我趁着拉斐尔·桑切斯·费尔洛西奥①在一所大学做系列讲座的机会采访了他。我知道费尔洛西奥特别抗拒和记者进行对话，不过在一位朋友的帮助下，他同意和我聊一会儿（准确地说是那位朋友的一位女性朋友促成了这次对话，而她也恰恰是费尔洛西奥在那座城市行程的策划者）。把那次谈话称作访谈有些言过其实，就算真的能算得上是场访谈的话，那也是我这辈子做的最奇怪的一场访谈了。费尔洛西奥刚出现在比斯特罗特咖啡馆的露天座位附近时，身边围满了朋友、学生、崇拜者和追随者，这种阵仗再加上他那随

---

① 拉斐尔·桑切斯·费尔洛西奥（1927—2019），西班牙小说家，代表作为写实小说《哈拉马河》。

意搭配的衣服和既像对自己身份深感羞耻的卡斯蒂利亚贵族又像东方老战士的长相——威严的头颅、黑灰相间的杂乱头发、坚毅瘦削且古怪的面孔、犹太人式的鼻子、已经开始长出胡楂儿的腮帮子——会让一个没有思想准备的旁观者误认为这是一个被信徒簇拥着的古鲁。费尔洛西奥很清楚地表示他无意回答任何我提出的问题,因为他认为他已经在自己的书里给出了能力范围内最好的答案。不过这并不意味着他不想和我谈话,恰恰相反:就好像他在设法澄清那些说他是个孤僻的人的说法(也可能那本就是些无稽之谈)似的,他表现得十分随和,我们聊着天度过了整个下午。问题是当我出于试图挽救这次访谈的目的(姑且这么说吧)而问他"性格式人物"与"命运式人物"①有什么区别的时候,他却用对波斯舰队为何会在萨拉米斯海战中失利的研究(姑且这么说吧)回答了我,而当我试图套问他对"征服"美洲五百周年的看法的时候,他又开始边打手势边讲细节地给我解释(姑且这么说吧)长刨的正确使用方法。那真算得上是场让人筋疲力尽的拉锯战。直到我们喝到那天下午的最后一杯啤酒时,费尔洛西奥才讲了他父亲被执行枪决的事情,这件事后来使我在最近这两年里一直牵肠挂肚。我不记得是谁、是在什么情况下提到拉斐尔·桑切斯·马萨斯的名字的(可能是费尔洛西奥的某个朋友提到的,也可能是费尔洛西奥本人提到的)。不过我记得费尔洛西奥这样讲道:

---

① "性格式人物"与"命运式人物"来自拉斐尔·桑切斯·费尔洛西奥领取2004年西班牙塞万提斯文学奖时的演讲稿《性格与命运》,系费尔洛西奥对文学作品中的人物的划分方式。

003

"他们对他执行枪决的地方离这儿很近,就在科耶里修道院附近。"他看着我,"你去过那里没？我也没去过,不过我知道那儿离巴尼奥莱斯不远。那时内战已经接近尾声了。7月18号在马德里时他已经感觉不妙了,于是就跑去智利大使馆寻求庇护,他在那里待了一年多的时间。1937年年末的时候他从使馆跑了出来,藏身在一辆卡车里逃离了马德里,他大概是想跑到法国去。不过他们在巴塞罗那抓住了他,当佛朗哥的军队即将抵达那座城市的时候,他们把他带去了离国境线很近的科耶里。他们就在那里执行了枪决。那次枪决人数众多,很可能场面也十分混乱,因为共和军输掉了内战,当时正从比利牛斯山溃逃,所以我认为他们压根就不知道他们正在处决的是长枪党创始人之一,说得更详细一点,这人还是何塞·安东尼奥·普里莫·德里维拉①的好友。我父亲一直把他被执行枪决时穿的外衣和裤子保存在家里,他给我展示过很多次,那些东西大概现在还在我家呢。裤子上有洞,子弹只是从我父亲身边擦了过去,而他则利用行刑人愣神的工夫跑进树林藏了起来。他藏身在一个洞里,听着狗叫声和枪响声,还有民兵的说话声,他们在找他,但也知道不能花太多时间来找他,因为佛朗哥的军队已经追到他们屁股后面了。在某个时刻我父亲听到身后有树枝响动的声音,他转过身,看到了一个民兵,而那个民兵也在看着他。就在那时,有人喊道:'那边有人吗？'我父亲说那个民兵盯着他看了几秒钟,没有移开

---

① 何塞·安东尼奥·普里莫·德里维拉(1903—1936),西班牙独裁者米格尔·普里莫·德里维拉将军之子,西班牙长枪党的创始人。

目光,然后大声回应道:'这儿没有人!'说完就转身离开了。"

费尔洛西奥停顿了一下,像个努力憋着笑的孩子那样眯起眼睛,眼神中透着无尽的精明与智慧:

"他在林子里躲了好几天,找到什么就吃什么,有时候也会吃农庄里的人给他的食物。他对那片区域并不熟悉,而且他的眼镜碎了,几乎什么都看不清楚,所以他经常说要不是遇见了几个来自附近村子的小伙子的话,他是不可能活下来的。那些小伙子来自一个叫作科内利亚德特里的村子,也许那村子现在还是叫这个名字。他们保护了他,还给他吃的,一直到佛朗哥的军队来到此地。我父亲和那些小伙子们成了好朋友,在所有事情都了结之后还在他们家住了好几天。我觉得从那之后他就再也没见过他们了,不过他不止一次向我提到了那些人。我记得他总是用他们一道起的名字来称呼他们——'林中之友'。"

那就是我第一次听人谈起那则逸事的经过。最终我也大概是通过虚构的方式挽救了对费尔洛西奥的访谈:我记得在最终成文的访谈中他没有提到萨拉米斯海战(而是解释了"性格式人物"与"命运式人物"的区别),也没有介绍长刨的正确使用方法(对"征服"美洲五百周年则发表了一番看法)。文中自然也没有出现那次枪决或是桑切斯·马萨斯,我对于前者的了解仅限于费尔洛西奥告诉我的内容,而我对后者也知之甚少:那时的我压根就没读过桑切斯·马萨斯写的东西,他的名字对我而言只不过是众多长枪党政客及作家模糊名字中的一个,在西班牙,近些年来总有人想让人们加速忘却那些人的存在,就好像怕他们会死而复生一样。

事实上那些人和事确实没有烟消云散，或者说至少不是全部都烟消云散了。桑切斯·马萨斯在科耶里被执行枪决以及此事背后的种种疑团一直让我难以忘怀，就在那场对费尔洛西奥的访谈结束之后，我就开始对桑切斯·马萨斯产生兴趣了，同样令我产生兴趣的还有内战，在那之前我对内战的了解并不比对萨拉米斯海战或是长刨的正确用法的了解多多少。关于内战的故事太多了，我以前总觉得那些故事唯一的作用就是让老一辈人追忆伤感或是给缺乏想象力的作家提供灵感。巧合的是（也许也没那么凑巧），那段时间在西班牙文坛正流行重新挖掘长枪党作家。其实这种情况由来已久，早在八十年代中叶，不少有较大影响力的知名出版社就纷纷推出了某些已近乎被遗忘的长枪党作家的作品，不过到了我对桑切斯·马萨斯产生兴趣之时，文学圈已经不仅仅是在维护那些优秀的长枪党作家了，他们甚至在挖掘着那些平淡无奇，甚至是极度平庸的长枪党作家。有一些天真的人，左翼卫道士，还有一些蠢蛋跳出来说，维护长枪党作家就是在维护长枪党（或者是在为捍卫长枪党做准备）。然而事实刚好相反：维护长枪党作家只意味着维护作家本人，或者说得更准确一点：这种对优秀作家的推崇本身也是在保护作家这门职业。我想说的是，对优秀作家的推崇（推崇那些蹩脚作家的情况就不提了）源自一种天性，因为作家们也需要有归属感，他们总是对挑衅有着某种渴望，他们坚信文学是一回事而为人处事是另一回事，很可能一个极为出色的作家却是一个十恶不赦的坏人（或者是一个支持和维护暴行的人），因此他们认为从文学的角度看我们对待某些长枪党作家的态度是很不公正的，套用安德烈斯·特拉彼略①的话说就是"那批作家赢得了战争,却失去了在文学史上的地位"。桑切斯·马萨斯终归也没有逃脱那股大规模发掘的浪潮:他的诗歌全集在1986年首次出版;1995年他的小说《佩德里托·德安蒂亚的新生活》再版,并被收入到很有名的一套丛书中;1996年他的另一部小说《罗莎·克鲁格》也再版了,这本书上一次出版还得追溯到1984年。我怀着极大的好奇心把这些书统统读了一遍,甚至在阅读的过程中体验到了某种快感,但却并没有什么激情:我不需要通过反复阅读来确认桑切斯·马萨斯是位好作家,但他也算不上是位伟大的作家,虽说连我自己也不知道二者之间的区别到底是什么。我记得在接下来的几个月或是几年的时间里,我除了阅读,还在不断地搜集关于桑切斯·马萨斯的零散的信息,我甚至还找到了一些简短模糊地提及科耶里事件的材料。

随着时间的推移,我开始逐渐忘却那件事了。1999年2月初的一天,那天恰好是内战结束六十周年纪念日,报社里有人提议写篇文章来追忆诗人安东尼奥·马查多悲惨的最后时日。1939年1月,随着长枪党军队的节节胜利,安东尼奥·马查多和他的母亲、弟弟何塞以及其他数十万惊恐万分的西班牙人一起被迫从巴塞罗那向法国境内的科利乌尔转移,安东尼奥在到达该地后不久就去世了。这件事家喻户晓,我感觉在那几天里几乎所有加泰罗尼亚媒体(非加泰罗尼亚媒体也是如此)都提到了它,就在我做好了动笔来写这样一篇大

---

① 安德烈斯·特拉彼略(1953—),西班牙作家。

同小异的文章时我突然想起了桑切斯·马萨斯和发生在他身上的那场枪决，那次事件就是发生在马查多离世那段时间的，区别只是枪决是在国境线这一端进行的。我开始思考这两件可怕事件间的对称性和差异性，这是历史进程中的两段命运的交叉点，这可能不仅仅是一次巧合，如果我能在一篇文章中同时描述这两件事情的话，他们之间那种奇异的平行性可能会赋予其新的意义。我开始搜集资料，在此过程中我撰写那样一篇文章的想法越来越坚定了。我偶然找到了在安东尼奥·马查多死后不久，他的哥哥曼努埃尔·马查多来到科利乌尔的记录。于是我动了笔，最后写成了一篇题为《基本秘密》的文章。那篇文章对于这本书而言也是具有基础作用的，因此我决定把全文引用下来：

"安东尼奥·马查多在内战末期辞世，到今年刚好满六十年。内战中发生了太多事，但马查多之死无疑是最让人感到心酸的事件之一，因为他的结局实在是太过于凄凉了。人们对此的谈论已经很多了。马查多于1938年4月从巴伦西亚来到巴塞罗那，与他同行的还有他的母亲和弟弟何塞，他们先是住在马赫斯提克酒店里，后来又搬去了卡斯塔涅尔塔，那是栋位于圣赫瓦西街上的古旧别墅。他在那里依旧坚持做着自己从内战之初就一直在做的事情：用文字来捍卫合法的共和政府。他已经上了年纪，身体本来就不好，还生着病，那时候他已经不再对佛朗哥会战败抱有幻想了。他这样写道：'结局已经不可更改；巴塞罗那随时会陷落。军事家也好，政客也好，历史学家也好，大家都已经对此心知肚明了：我们输掉了战争。但是从人道的角度来看，我并不确定我们是不是输了……也许我们已经赢了。'谁知道他最后这句结论是不是准确呢,但起码他前面的判断是正确的。1939 年 1 月 22 日晚,也就是佛朗哥的军队占领巴塞罗那的四天之前,马查多和他的家人随着护送队开始向法国边境逃去。还有另外几位作家也参与了那场无奈的逃亡,例如科尔布斯·巴尔加和卡尔斯·里瓦。他们在塞尔维阿德特尔和菲格莱斯附近的玛斯法伊克萨特做了短暂停留。在雨中步行了六百米之后,他们终于在 27 日夜里穿越了国境线。但是他们却不得不抛下随身携带的行李,而且他们已经身无分文了。在科尔布斯·巴尔加的帮助下,他们最终顺利抵达科利乌尔,住进了布尼奥尔金塔纳酒店。不到一个月后,马查多就去世了;他的母亲也在三天之后离开了这个世界。安东尼奥的弟弟何塞在他的大衣口袋里发现了几张纸条,其中一张上面写了一句诗,那大概是他最后一首诗的第一句:'这些蓝色的时日和这轮童年的太阳。'

"故事还没有结束。安东尼奥去世后不久,他住在布尔戈斯的哥哥、诗人曼努埃尔·马查多从外国媒体上获悉了他的死讯。曼努埃尔和安东尼奥不仅在血缘上是兄弟,两人的关系也确实非常亲密。曼努埃尔身处位于反叛区的布尔戈斯,7 月 18 日爆发的内战令他十分错愕;而安东尼奥则住在位于共和区的马德里。很容易想象如果曼努埃尔当时也住在马德里的话,他也一定会坚定地支持共和政府;现在再去假想如果安东尼奥当时住在布尔戈斯的话会发生些什么已经毫无意义了。事实上曼努埃尔刚得知弟弟的死讯就立刻出发了,他花了三天时间穿过满目疮痍的西班牙,抵达了科利乌尔。来到酒店后他才知道连母亲也已经去世了。他奔赴埋葬着母亲和弟弟安东尼奥的墓地,并在那里遇见了何塞。他们进行了一番交谈。两天后,曼努埃尔回到了布尔戈斯。

"但故事,起码是我今天想讲的故事,依然没有在这里结束。就在马查多在科利乌尔去世的差不多时间,共和国的士兵在科耶里修道院附近对拉斐尔·桑切斯·马萨斯执行了枪决。桑切斯·马萨斯是位优秀的作家,也是何塞·安东尼奥·普里莫·德里维拉的朋友,同时还是长枪党的创始人及其理念的构建者之一。他在内战中的经历总是伴随着种种谜团。几年前,他的儿子拉斐尔·桑切斯·费尔洛西奥给我讲述了他所了解的版本。且不说他的版本是不是符合史实,我姑且把他告诉我的话复述出来:共和国控制下的马德里被军方围得水泄不通,桑切斯·马萨斯跑到智利大使馆寻求庇护,他在那里度过了内战的大部分时间;在内战快要结束时,他试图藏身于一辆大卡车内进行逃亡,不过他们在巴塞罗那抓住了他,就在佛朗哥的军队即将攻至巴塞罗那的时候,他们把他带往了西法边境,在那里执行了枪决;然而子弹只是从他身旁擦过,桑切斯·马萨斯利用当时的混乱跑进树林里躲了起来。他能听到民兵搜寻追踪他的声音,最后其中的一个民兵发现了他,民兵盯着他的眼睛看了一会儿,然后对自己的同伴喊道:'这儿没有人!'旋即转身离开了。

"'历史上发生的所有事件中,'哈伊梅·吉尔·德别德马[①]写道,'最可悲的是西班牙内战,这一点不容置疑,因为它

---

① 哈伊梅·吉尔·德别德马(1929—1990),西班牙内战后最有代表性的诗人。

的结局糟糕透顶。'结局很糟糕？我们永远都不会知道那个救了桑切斯·马萨斯性命的民兵到底是谁，也不会知道他盯着桑切斯·马萨斯的眼睛看时脑子里都在想些什么；我们也不会知道何塞和曼努埃尔·马查多在他们的兄弟安东尼奥以及他们的母亲的坟前都说了些什么。不知为何，我总是觉得如果我们能找到这两个平行秘密中任意一个的答案，也许我们就能解答另一个更根本性的秘密了。"

我对那篇文章非常满意。它在1999年2月22日被发表了出来，那天恰好是马查多在科利乌尔逝世六十周年的日子，也恰好是桑切斯·马萨斯在科耶里被执行枪决后的第六十年零二十二天（不过他被执行枪决的确切日期是我在发表那篇文章之后才知道的），我的同事们纷纷祝贺我写了篇好文章出来。在接下来的几天里我收到了三封信——我从来就不是一个有话题性的专栏作家，那种作家收到信件自然是家常便饭，我也从来没想过一篇和六十年前的陈年旧事有关的文章能吸引什么人的注意，不过那三封信确实都和那篇文章有关。我想第一封信出自一位学哲学的大学生之手，他指责我在文章里暗示如果安东尼奥·马查多在1936年7月生活在发生叛乱的布尔戈斯的话，他可能就会支持长枪党了（我认为自己从来没有做过这种暗示，而且我想也不会有人能做出这种影射）。第二封信的措辞更为严厉，写信人是一个上了年纪、参加过内战的男人。他用很难听的脏话指责我是"修正主义者"，理由是我在最后一段中针对哈伊梅·吉尔·德别德马的话所进行的发问（"结局很糟糕？"），他由此认为我是想说西班牙那段历史的结局是好的,而那无疑是个大错特错的结论。"好结局只适用于那些战争胜利者,"他说道,"然而对于我们这些失败者而言,结局无疑是糟糕的。甚至没有人对我们表示过感谢,我们毕竟是曾经为了自由而奋战过的人啊。几乎在每个村子里都有纪念战争中死难者的纪念碑,但是你见过几个上面刻着两个阵营的参战者的名字呢?"他的信是这么结尾的:"让社会转型吃屎去吧!马特·莱卡森斯敬上。"

第三封信是最有意思的。写信人是个叫米克尔·阿吉雷的人,根据他的自我介绍,他是研究历史的,而且已经花了许多年来研究内战时发生在巴尼奥莱斯地区的事情。他提到了好几件事,其中有一件在当时令我最为震惊:他说桑切斯·马萨斯并非是科耶里枪决中唯一的幸存者,还有个叫赫苏斯·帕斯夸尔·阿吉拉尔的男人也成功地逃了出来。还不止这些:帕斯夸尔把那件事写进了一本名为《我被共和党人杀死了》的书里。"恐怕那本书现在已经很难找到了,"阿吉雷用专家的那股自大腔调说道,"不过如果你感兴趣的话,我手里倒是有一本。"在信的最后阿吉雷附上了他的信息和电话号码。

我立刻给他打了电话。电话刚接通时费了番周折,我以此推测他应该是在某家公司或是公共机构工作,不过最后我还是和他通上了话。我问他是不是有关于科耶里枪决的信息,他说他有。我问他是不是仍然愿意把帕斯夸尔的书借给我,他说他愿意。我问他能不能一起吃顿饭,他说他住在巴尼奥莱斯,不过每周四都会来赫罗纳录一个电台节目。

"我们可以约在周四。"他说道。

我们通话那天是周五,为了不让自己度过充满焦虑的一周，我差一点就要提议当天下午就见面，说我可以去巴尼奥莱斯找他。

"没问题。"然而我依旧表示了赞同。就在那时我又想起了费尔洛西奥，想起了他那古鲁似的派头和他在比斯特罗特咖啡馆的露天座位上谈起自己父亲时充满喜悦的眼神。我问道："我们约在比斯特罗特咖啡馆怎么样？"

比斯特罗特咖啡馆位于老城区，装饰得也不是很现代化，大理石桌、铁桌、吊扇、大镜子，摆满鲜花的阳台直冲着通往圣多梅内克广场的石阶。周四，比跟阿吉雷约定的时间还要早挺久，我已经坐在了比斯特罗特咖啡馆里，手里拿着杯啤酒；我的邻座坐着几个文学系的教授，他们正在大声交谈着，看上去是这里的常客。我翻看着一本杂志，心里想着我和阿吉雷从来都没有见过，可是约定在这里吃饭的时候却没有人提议说在身上搞点容易识别的标记。我已经开始努力想象阿吉雷的长相了，唯一的线索就是一周前在电话里听到过的他的声音，就在这时一个皮肤黝黑的矮胖男人停在了我身前，他戴着眼镜，胳膊底下夹着一个红色的文件夹；看上去他有三天没刮胡子了，乱糟糟的山羊胡看上去像是要把他的脸吞食掉一样。出于某种原因我希望阿吉雷是个沉稳饱学的老人，而不是现在站在我眼前的这样一位不修边幅（甚至可以用奇怪这个词）的年轻人。不过我当时什么都没说，只是问他是不是他。他回答说是。然后他又问我是不是我。我也回答说是。我们同时笑了起来。服务员走了过来，阿吉雷点了一份海鲜饭配乳酪煎肉排，我要了份沙拉配兔肉。等餐的时候阿吉雷对我说他在我出的一本书的封底照片上看到过我，所以一眼就认

出我来了,他还说那书是他很久之前读的。在最初的惊讶过后,我有点不怀好意地说道:

"啊,读了那本书的人就是你啊。"

"我不太明白你的意思。"

我只好解释道:"只是个玩笑罢了。"

我特别想直入正题,但是为了显得更有礼貌,也为了掩饰我对那个话题的巨大兴趣,我还是先问了他关于电台节目的事情。阿吉雷紧张地笑了笑,露出了牙齿:白,但是不整齐。

"说是幽默类节目,其实有点蠢。我在节目里扮演一个叫安东尼奥·加尔加略的法西斯警长,负责撰写审讯报告。不过说真的,我有点喜欢上做这事了。当然市政府里的人并不知道这点。"

"你在巴尼奥莱斯市政府工作?"

阿吉雷不好意思地点了点头。

"市长助理,"他说道,"又是一件蠢工作。市长是我朋友,他问我要不要帮他工作,我不知道该怎么拒绝他。不过干完这个合同期我就准备辞职了。"

从不久之前开始巴尼奥莱斯市政府就被一群年轻政客掌控了,他们都出自加泰罗尼亚左翼共和党,那是个激进的民族主义政党。

阿吉雷又说道:"我不知道您是怎么想的,不过我认为一个真正文明开化的国家的特点之一就是人们不会在政治上浪费时间。"

我留意到他用了敬称"您",不过我并没有表现出不快,而是抓住了他抛出的话头继续说道:"1936 年的内战恰好是个反例。"

"没错。"

服务员把沙拉和海鲜饭端了上来。阿吉雷指了指红色文件夹：

"我把帕斯夸尔的书给你复印了一份。"

"你很了解在科耶里发生的那件事吗？"

"谈不上很了解，"他说道，"那件事本身就充满谜团。"阿吉雷大口吃着海鲜饭，还喝了两杯红葡萄酒。他似乎觉得有必要让我了解前因后果，所以不厌其烦地给我讲述着内战刚爆发时巴尼奥莱斯地区的情况：人们一开始认为军事政变必然会失败，但随后就发生了哗变，各个部门都失控了，野蛮行径随处可见，人们焚烧教堂，甚至屠杀宗教人士。

"现在信教的人很多，但我依然是反教会人士；不过那时发生的事真的是一种集体性的疯狂，"他评价道，"想要解释那些事情为何会发生并不难，要解释纳粹主义出现的原因也不难……有些民族主义历史学家坚称那些焚烧教堂、杀害宗教人士的都是外来人，是移民，诸如此类。都是谎话：那些暴徒都是本地人，三年之后就是同一批人高呼万岁迎接叛军到来的。当然如果你要问的话，我承认没人目击是谁放火烧了教堂，不过那又是另一个话题了。让我气愤的是直到现在那些民族主义者还在大放厥词，说什么那是一场卡斯蒂利亚人和加泰罗尼亚人之间的战争，是一场正邪大战。"

"我刚才还以为你也是民族主义者呢。"

阿吉雷停下了吃饭的动作。

"我不是民族主义者，"他说道，"我支持独立。"

"有什么区别吗？"

"民族主义是一种意识形态，"他有些严肃，好像因为必须解释这样一件显而易见的事情而感到不快，"在我看来，独立只是一种可能性。理念往往不接受讨论，所以民族主义不允许被拿出来探讨，不过独立却可以。您觉得有道理也好，没道理也罢，总之我是这么认为的。"

我再也没法忍受了：

"还是用'你'来称呼我吧。"

"对不起，"他笑着说道，然后继续吃他的饭，"跟年长的人说话时我习惯用'您'。"

阿吉雷继续谈着内战的事情，这次他很详细地讲述着内战末期的事。政府部门从那之前数月就开始彻底瘫痪了，巴尼奥莱斯完全陷入了无序状态：公路被无尽的逃难者占领了，穿着各色制服的士兵在田间绝望地游荡、抢掠，排水沟里堆满了废弃的枪械武器……阿吉雷还说那时候有人被关在科耶里修道院，他说修道院从内战之初就成了监狱，里面关了近千人，全部或者几乎全部都是从巴塞罗那押来的：叛军步步紧逼，犯人只能从巴塞罗那运出来，当然被运出来的都是最危险或者和佛朗哥阵营关系最密切的人。和费尔洛西奥的观点不同，阿吉雷认为执行枪决的人知道自己要杀的都是些什么人，因为他们挑选出来的五十个死囚的身份都极为特殊，都是注定将会在内战结束后在政坛有一席之地的人：巴塞罗那地区长枪党负责人、叛军头目、财务人员、律师、牧师，他们一开始被关在巴塞罗那秘密警察机构里，后来则被转移到囚船上，例如"阿根廷"号或是"乌拉圭"号。

肉排和兔肉也被端了上来,服务员还把用过的盘子收走了(阿吉雷的盘子特别干净,干净得发亮)。我问道:"是谁下的命令?"

"什么命令?"阿吉雷问道。他紧盯着面前的大肉排,拿起了刀叉,已经准备好切肉了。

"枪决的命令。"

阿吉雷盯着我,仿佛那一瞬间忘记了在他面前有我这么一个人。他耸了耸肩,长出了一口气。

"我不知道,"他边把肉排切成小块边说道,"我想帕斯夸尔认为是一个叫蒙罗伊的年轻人下的命令,他是监狱负责人,心比较狠,这人在巴塞罗那就是管秘密警察机构和劳改营的,也有其他一些经历过那些事情的人提起过他……不管怎么说,就算是蒙罗伊下的命令,那也不是他自己的意思,他也只是服从 SIM 的命令罢了。"

"SIM?"

"就是军事情报局,"阿吉雷解释道,"当时为数不多还能正常运转的军方机构之一。"他说这话时停止了咀嚼,不过很快又继续边吃边说了,"这种推测很合理——那时情势紧急,军事情报局自然不会毫无动作。不过倒也有其他的猜测。"

"例如?"

"利斯特①。他那会儿就在那里,我爸爸见过他。"

"在科耶里?"

"在圣米克尔德坎普马赫尔,科耶里附近的一个村子。

---

① 指共和国将军恩里克·利斯特(1907—1994)。

我爸爸那时候年纪还很小,在那个村子里的一个庄园中避难。他不止一次给我说过有一天庄园里突然来了一群人,其中就有利斯特,他们要求给他们提供食物和房间,他们一整晚都在饭厅里讨论着什么。很长时间里我都以为这些都是我爸爸编造出来的,我发现经历过内战的大部分老人都声称自己见过利斯特,毕竟自从利斯特掌管了第五军团后就成了一位传奇人物;不过随着时间的推移,我的想法有了变化,我开始觉得爸爸说的可能都是事实。你想想吧。"阿吉雷边和我说着话,边拿起一块面包蘸了蘸肉排上的酱汁,我觉得他有点醉了。他问我是更享受食物还是更享受他给我讲的这些内战故事,"1939年1月底利斯特刚刚被任命为上校,负责统领埃布罗第五军团,或者说第五军团还残存的队伍:一支溃散的队伍,几乎没有和敌军交战,一直向着西法边境撤退。利斯特的部队在巴尼奥莱斯停留了几个星期,毫无疑问队伍里有人驻扎在了科耶里。不过他本人去没去就不好说了。你读过利斯特的回忆录吗?"

我说我没读过。

"好吧,其实也算不上是什么回忆录,"阿吉雷继续说道,"书名是《我们的战争》,写得不错,不过就和所有的回忆录一样,里面充满了谎言。那本书里说1939年2月3号晚上到4号(也就是说科耶里枪决事件发生三天之后)他们在邻近的村子里召开了共产党政治局会议,许多领导人物参加了会议,包括他本人和陶里亚蒂①,后者当时是共产国际的代表。要

---

① 指意大利共产党创始人之一的帕尔米罗·陶里亚蒂(1893—1964)。

是我没记错的话,在那次会议上他们讨论了在加泰罗尼亚组织最后抵抗的可能性,不过是真是假已经不重要了。他们开会的庄园倒很有可能就是我爸爸避难的庄园,至少人物、时间和地点几个要素都对应得上,所以……"

阿吉雷不可思议地让我走了神,他使我在那时想起了我的父亲,这对我而言是很奇怪的,因为我已经很久都没有想起他了;不知为何,我感到如鲠在喉,一股愧疚感涌上心头。

"所以说是利斯特下了枪决令的吗?"我向阿吉雷追问道。

"有这种可能,"阿吉雷又轻易地回到了正题上,同时依旧在吃着他的肉排,"但也可能不是。在《我们的战争》里他否认曾下过枪决令,他说,不是他也不是他阵营里的任何人下的类似命令。他肯定会这么说嘛。不过话说回来,我相信不是他下的命令:那不是他的行事风格,战争虽然要输了,可那家伙肯定还想继续战斗下去。另外,利斯特身上发生的事情有一半都是传说,另外一半嘛……好吧,另一半我觉得是真实发生过的。总之,没人知道事情的真相。我唯一坚信的是,不管是谁下的枪决令,他都很清楚要杀的都是些什么人,所以他当然知道桑切斯·马萨斯是谁。嗯……"他用面包把最后一点酱汁都蘸干净吃掉了,"我太饿了!你想再喝点酒吗?"

服务员撤走了盘子(阿吉雷的盘子还是净得发亮,而我的盘子里还有挺多兔肉没有吃掉)。他又点了杯红葡萄酒、一块巧克力饼和一杯咖啡,而我只点了杯咖啡。我问阿吉雷关于桑切斯·马萨斯和他在科耶里的经历他都知道些什么。

"我知道的不多,"他答道,"我在审讯记录里看见过几次他的名字,都是他在巴塞罗那受审时留下的,他从马德里逃出来,却在巴塞罗那被抓住了。帕斯夸尔的书里也有点和他相关的事情。据我所知,唯一有可能了解更多关于桑切斯·马萨斯的事情的人是特拉彼略,安德烈斯·特拉彼略,那个作家。他编辑过桑切斯·马萨斯的书,还写了点关于他的东西,写得不错;他在报刊文章里也经常谈到桑切斯·马萨斯的家庭,我想他和马萨斯的家里人也有联系。我甚至隐约记得他在某本书里写过那次枪决事件……内战结束后这事就传开了,所有认识桑切斯·马萨斯的人都知道它,我猜可能是他本人讲的。你知道吗?当时有很多人都觉得那事是假的,其实现在也有不少人这么想。"

"我并不感到意外。"

"为什么?"

"因为这事太有戏剧性了。"

"每一场战争中都会出现许多戏剧性的故事。"

"没错,可是你不觉得很不可思议吗?桑切斯·马萨斯那时候已经不年轻了,四十五岁啊,而且还近视……"

"当然,而且当时他的身体状况还不好。"

"是的。一个像他那样的人能从那样的境况中逃脱出来,你不觉得难以置信吗?"

"为什么难以置信呢?"葡萄酒、巧克力饼和咖啡都被端了上来,但却并没有打断我们的对话,"让人惊讶是真的,但是并非不可思议。你在你的文章里可把这故事讲得很棒啊!你应该记得那次枪决涉及很多人,而且那个本应该抓他的士兵把他放走了,何况事情是发生在科耶里的,你去过科耶里吗?"

我说我没去过,于是阿吉雷就开始描述那片乱石遍地、松林茂密的地区了,他说那里的土地都是石灰岩,崎岖多山,十分广漠,遍布着大大小小的农庄和村子(埃尔托恩、圣米克尔德坎普马赫尔、法雷斯、圣费里奥尔、米埃雷斯),这些地方在三年内战时期大多充当了避难场所,只要给钱(有时候朋友关系或者政治认同等因素也会起作用),那里的人就可以帮助那些逃难者穿过边境线,其中还有些想要逃避共和国征兵的适龄年轻人。按照阿吉雷的说法,那个地区当时有很多逃兵役的青年,他们有的付不起逃难费用,有的压根就不敢和那些农庄村子有接触,所以很多人就藏身在林子里,一藏就是几个月甚至几年。

"所以我说那是藏人的好地方,"他又说道,"那时内战都快结束了,那里的农民早就知道该怎么去接应和帮助逃亡者了。费尔洛西奥跟你提到过'林中之友'吗?"

我的文章只写到那个民兵没有逮捕桑切斯·马萨斯,压根就没提到过"林中之友"。我吞下了几口咖啡。

"你知道'林中之友'的事?"我反问道。

"我认识其中一个人的儿子。"

"别开玩笑。"

"我没开玩笑。他叫豪梅·菲格拉斯,就住在科内利亚德特里,离这儿很近。"

"费尔洛西奥跟我说过帮助桑切斯·马萨斯的那几个小伙子就是科内利亚德特里人。"

阿吉雷耸了耸肩,拿起了最后一块巧克力饼。

"我就知道这么多了,"他说道,"菲格拉斯也就跟我讲到这儿,而且我对它也没有太大兴趣。不过你如果想的话,我可以把他的电话号码给你,你可以让他把事情讲给你听。"

阿吉雷喝完了咖啡,我们结了账,在兰布拉大道旁的埃菲尔铁桥前道了别。阿吉雷说他第二天会给我打电话,告诉我菲格拉斯的电话号码。我俩握手的时候,我发现他的嘴角上沾了点巧克力酱。

"你打算拿它做什么呢?"他问道。

那时我正打算提醒他巧克力酱的事情,不过我还是反问道:"你指的是什么?"

"桑切斯·马萨斯的事。"

其实我没想拿那件事干什么(纯粹是出于好奇),于是我就把我的真实想法告诉了他。

"什么也不做?"阿吉雷用他那双小眼睛盯着我,我从他的目光中看到了睿智和紧张,"我还以为你要写本小说呢。"

"我已经不再写小说了,"我答道,"而且那不是小说故事,是真实发生的事情。"

"你在文章里把它写得不错,"阿吉雷说道,"我跟你说过没?我很喜欢你那篇文章。因为它就像是个虚构故事,只不过用到的人物和场景是真实的……那是篇真实的虚构故事。"

第二天阿吉雷给我打了电话,给了我豪梅·菲格拉斯的电话。是个手机号。菲格拉斯没有接电话,不过他的声音倒是传了过来,让我在电话里留言;我留了言,报上了自己的名字和职业,说我认识阿吉雷,我想知道一些关于他爸爸、桑切斯·马萨斯和"林中之友"的事情;我还在留言里留了我的电话号码，请他打给我。

接下来的几天里我一直在焦急地等待着菲格拉斯的电话，不过他一直没有打来。我又给他打了过去，再次留了言，然后继续等待。同时我开始读帕斯夸尔的《我被共和党人杀死了》。这是本回忆录式的作品，记录了共和国后方诸多可怕的事件，内战之后在西班牙出版了许多类似的作品，只不过我手头这本是1981年9月出版的。恐怕这个出版日期并非偶然，可以看作是对同年2月23日政变的一种回应态度（帕斯夸尔在书里多次引用了何塞·安东尼奥·普里莫·德里维拉常说的一句话，就好像这句话是他说的一样："到了最终时刻，拯救文明的总是一队士兵。"），同时也像是对社会党执政和社会转型将带来的灾难的警告。出人意料的是，那本书写得很不错。无论是时间还是西班牙这些年来的巨变都没有丝毫改变帕斯夸尔对长枪党理念的推崇，他在书里毫无保留地把自己的战争经历写了出来：军事暴动发生时他正在特鲁埃尔附近的村子里度假，后来他来到共和国统治区，书里也写到了科耶里枪决之后的几天发生的事情。他对科耶里枪决事件的描写十分细致，事件发生前后的情况也都有所提及。书里还写到了他被佛朗哥军队解救的情况，书里的他在内战中表现得既像个解放者又像个冒险家，首先他是个激进分子，后来成了巴塞罗那叛军中一个小分队的头目，还提到了他曾被关在巴伊马赫尔的秘密警察机构中的经历。我手头这本书是经过帕斯夸尔本人再整理的版本，他在书里多次提及桑切斯·马萨斯，还说在枪决之前两人在一起待了数个小时。我听从阿吉雷的建议读了特拉彼略写的东西，我发现他在其中一本书里也描写了桑切斯·马萨斯经历的枪决事件,跟我从费尔洛西奥那里听来的版本相差无几,只是和我的那篇文章或者说真实的虚构性文章一样,他的书里也没有提及"林中之友"。特拉彼略和我文章的极度相似性令我有些吃惊。我想特拉彼略可能也是从费尔洛西奥那里听说的枪决事件(也可能是从桑切斯·马萨斯其他的孩子或是他的妻子那里听来的),我甚至想象出了桑切斯·马萨斯给自己家人讲述那次事件的情景,他也许要求自己的家人要按自己的方式讲述那件事,就像是那些完美的笑话一样,哪怕一个字改了,笑点也就没了。

我搞到了特拉彼略在马德里用的电话,给他打了过去。我解释了自己打电话的原因,他显得很热情,他说虽然他已经有许多年没再专注于桑切斯·马萨斯的事了,但是他还是很高兴有人能对他的经历产生兴趣,从他的话里,我感觉他认为桑切斯·马萨斯不仅是个好作家,还是个伟大的作家。我们聊了一个多小时。特拉彼略对我说,他所了解的关于科耶里枪决的情况都已经写在他的书里了,他还告诉我说内战刚结束那会儿很多人都在议论这件事情。

"那时候巴塞罗那的报刊媒体刚刚被佛朗哥阵营掌握,这件事经常被拿出来写,当然在西班牙其他地区也是一样,因为这事象征着共和国在加泰罗尼亚实施的暴行,佛朗哥阵营自然要好好利用它来做些文章,"特拉彼略对我解释道,"要是我没记错的话,里德鲁埃霍[①]在他的回忆录里也提到了那

---

① 指西班牙诗人、长枪党知识分子迪奥尼西奥·里德鲁埃霍(1912—1975)。

次事件,莱因①也写过。我这儿可能还有另一篇蒙特斯②写的文章,里面也写到了科耶里枪决……我觉得有很长一段时间桑切斯·马萨斯逢人就会讲那件事。那确实是件挺震撼的事情,不过,怎么说呢,我也不知道……我觉得他很懦弱,懦弱到了认为能利用那件事掩饰他的懦弱的地步。"

我问他是否听说了"林中之友"的事。他给了我肯定的回答。我又问他写在书里的故事是听谁说的。他说是莉莉亚娜·费尔洛西奥跟他讲的,莉莉亚娜是桑切斯·马萨斯的妻子,看上去在莉莉亚娜去世前特拉彼略经常会去拜访她。

"那件事确实很有意思,"我评论道,"除了一个细节之外,你所写的版本和费尔洛西奥讲给我听的版本几乎一模一样,就好像他们不是在讲述那件事,而是把它给背下来了。"

"什么细节?"

"那个细节没什么重要性。在你的文章里(或者说在莉莉亚娜的版本里),那个发现了桑切斯·马萨斯的民兵先是耸了耸肩,然后才离开的。相反在我的文章里(或者说在费尔洛西奥的版本里),那个民兵在走之前盯着桑切斯·马萨斯的眼睛看了几秒钟。"

我们俩都没再说话。我一度以为电话断掉了。

"喂?"

"你说得有道理,"特拉彼略思考着,"既然你提到了,确实是这样。我也不知道耸肩的动作是我从哪里听来的,可能

---

① 指西班牙医学研究者佩德罗·莱因·恩德拉尔戈(1908—2001)。
② 指西班牙作家、长枪党创始人之一的欧亨尼奥·蒙特斯·多明戈斯(1900—1982)。

加上这个动作让我觉得更有戏剧性,更像巴罗哈①的写作风格。我现在觉得莉莉亚娜给我讲述的时候也提到了那个民兵在离开之前盯着桑切斯·马萨斯看了一会儿。没错。我甚至还记得她有一次说,她和桑切斯·马萨斯因为战争分离了三年,等到两人重聚后,马萨斯经常跟她提起他看他的眼神,我指的是那个民兵的眼神。"

我们在挂电话前又聊了一会儿桑切斯·马萨斯,聊他的诗、小说和文章,也聊他那让人琢磨不透的性格,聊他的朋友和他的家庭("他家里的人总是批判所有东西,而且他们还总是批判得很有道理。"特拉彼略说冈萨雷斯-鲁阿诺②曾经这样对他说过)。特拉彼略大概是觉得我要写点关于桑切斯·马萨斯的东西,不过出于礼貌又没有直接问我要写什么,他给了我几个可能会有帮助的人的名字,还提到了几本参考书,并且邀请我到他位于马德里的家中做客,他说他在家里保存了一些相关的手稿、报刊文章影印件和其他一些与桑切斯·马萨斯有关的东西。

我是在打完那通电话的几个月后才去拜访特拉彼略的,但我几乎立刻就用上了他给我的那些线索。因此我发现,尤其是在内战刚结束的那段时间里,桑切斯·马萨斯真的几乎给每一个愿意听的人都讲述了那次枪决事件。马萨斯最好的朋友之一,同时和他一样是作家、长枪党党员的欧亨尼奥·蒙特斯在 1939 年 2 月 14 日,也就是科耶里枪决事件发生两周

---

① 指西班牙"九八年一代"著名作家皮奥·巴罗哈(1872—1956)。
② 塞萨尔·冈萨雷斯-鲁阿诺(1903—1965),西班牙记者、作家。

之后的一篇文章里描述桑切斯·马萨斯"穿着牧人的外衣，裤子上全是子弹擦过留下的破洞"，说他在共和国控制区经历了三年避难和牢狱生活，如今"就像是从另一个世界归来的人"。桑切斯·马萨斯和蒙特斯是在那篇文章发表几天之前，在抗战宣传办公室负责人、诗人迪奥尼西奥·里德鲁埃霍位于巴塞罗那的办公室里重逢的。多年之后，里德鲁埃霍在他的回忆录里重建了当时的场景；无独有偶，不久之后，当时另一位年轻的长枪党支持者佩德罗·莱因·恩德拉尔戈也在自己的书里写到了那个场景。里德鲁埃霍是认识桑切斯·马萨斯的，而莱因压根就没见过他，甚至在后来对他极度憎恨，不过那两本回忆录对桑切斯·马萨斯的描写却出奇一致，就好像他的形象给两位作者带去了巨大的震撼，在他们的记忆中牢牢定格了（就好像是莱因抄袭了里德鲁埃霍，又可能是两人一起抄袭了另外一个信息来源）。他们笔下的桑切斯·马萨斯也像是"重生"了一般：瘦削、紧张、迷茫，头发凌乱，脸瘦得瘪了进去，几乎被他乌鸦般的鼻子占满了；他们两人也都记得桑切斯·马萨斯在那间办公室里讲述的关于枪决的事，不过里德鲁埃霍可能对此并不是很相信（因此在回忆录里他写道："那些就像是小说里的情节。"），只有莱因在回忆录里提到马萨斯穿了一件"破旧的褐色外套"。

在办理了几道异常简单的手续后，我坐进了加泰罗尼亚档案馆中的一个小房间里，我无意中在一个影像资料里亲眼看到了那件破旧的褐色外套和桑切斯·马萨斯"重生"后的样子：瘦削的体形和凌乱的头发，他面对镜头又一次讲述了他所经历的枪决过程，同他1939年2月在里德鲁埃霍位于巴塞罗那的办公室里跟他的长枪党同僚们所讲的一模一样。那是档案管里少有的有桑切斯·马萨斯现身的影像资料,它被收藏在战后档案中,旁边还有一些佛朗哥检阅塔拉戈纳军队的照片,以及小卡门·佛朗哥①在他们位于布尔戈斯家中的狮子喷泉旁玩耍的几张照片,上面显示这些资料都是社会援助部门捐献的。在影片中,桑切斯·马萨斯全程保持站立,也没戴眼镜,他的目光有些游离;不过从他说话的语气还是能听得出他是个习惯在公众面前讲话的人,他的声音很吸引人,在提到枪决时,他的口气里带着些嘲讽,而在提到自己逃亡之旅结束时语气又充满激动。他的声音一直很洪亮,不过他的用词有些过于精准了,陈述的过程错落有致,给人一种他是在背书的感觉,就像是舞台剧演员在说着自己的台词。他的陈述和他儿子给我讲的事件经过基本一致,不过当我坐在放映机前看着桑切斯·马萨斯本人讲述枪决事件时,身子还是不自觉地在微微颤抖,因为我知道这是这个事件最早被讲述出来的场景之一,这个故事还没有经过过分雕琢,虽说同一个故事在六十年后又由他的儿子对我讲了出来,但我确信桑切斯·马萨斯讲给他儿子的版本(也正是他儿子讲述给我的版本)并非是他记得的那些真正发生了的事,而是那些他多次讲给别人听过的事。我必须指出的是,无论是蒙特斯,还是里德鲁埃霍,或是莱因,甚至是桑切斯·马萨斯本人,在那次面向终于能因为战争结束而松一口气的无数观众的讲话中,都没有提到过那位无名士兵,就是那位接到命令要杀死他却最终没有

---

① 卡门·佛朗哥(1926—2017),西班牙独裁者佛朗哥的独女。

杀他的士兵。不过我对此并不感到意外,你自然可以把它归因于人们的健忘或是没有感恩之心,可是也得想想佛朗哥统治下的西班牙对待内战的态度,或者说在每一场战争中都存在着这种态度:敌人是杀人不眨眼的,他们永远不可能救你的性命。至于"林中之友"嘛……

我是几个月之后才有机会跟豪梅·菲格拉斯谈话的。我在他的手机里留言了多次,但是没有收到任何回复,我几乎已经放弃联系他了,我甚至想过菲格拉斯可能只是阿吉雷信口胡编出来的人物,或者也有其他一些不是很难想到的原因,例如菲格拉斯根本就不想和任何人分享他父亲在内战中的经历。有趣的是(至少我现在觉得挺有趣),我发现自己从来都没有想过经历过内战的许多人依然健在,内战一直以来对我而言完全不是一场发生在六十年前的战争,而像是和萨拉米斯海战一样久远。

有一天我偶然在一家墨西哥餐厅遇见了阿吉雷。我去那儿是为了采访一位令人作呕的马德里小说家,他正在我的城市宣传自己最新的垃圾作品,小说的背景放在了墨西哥。阿吉雷和一群人也在那家餐厅里,我想他们是在庆祝着什么,我依然记得他开怀大笑和不停举杯痛饮龙舌兰酒的样子。后来他走过来,紧张兮兮地摸着自己打理得很糟糕的山羊胡,突然问我是不是已经开始动笔了(他想问的是,我是不是已经开始写书了,因为对于阿吉雷,或者说对于所有人而言,在报纸上写东西压根就不能算是"写");我有点不耐烦,因为问一个压根就没有在写东西的作家他是不是开始动笔写东西了是一种极大的冒犯。我对他说没有。他又问我关于桑切斯·马萨斯的情况了解得怎么样了,问我我的真实虚构文章怎么样了;于是我感到更不耐烦了,我回答说都没什么进展。紧接着他又问我是不是已经和菲格拉斯聊过了。我当时可能也有点喝多了,又也许是那位令人作呕的马德里小说家已经成功耗尽了我最后的耐心,我回答说没聊过,而且生气地补充了一句:

"那个人存不存在还是个问题呢。"

"谁存不存在是个问题?"

"还能是谁?菲格拉斯啊。"

我的话让他收起了笑容,他也停止了摸山羊胡的动作。

"别说傻话。"他露出惊呆的表情,直勾勾地盯着我说道,我突然有一股很强烈的想打他的冲动,但也可能我真正想打的是那个马德里小说家,"菲格拉斯当然是个真人啊。"

我压抑住了自己的怒火:

"这么说来,那就是他不想和我谈话。"

阿吉雷好像有点内疚,他赶忙解释说菲格拉斯是建筑工,或者说是项目承包人(类似的职业吧),还是科内利亚德特里市政府办公人员(诸如此类的职务吧),总之他很忙,肯定这就是他不回复我留言的原因;然后他许诺由他来负责联系菲格拉斯。我回到座位上坐下,感觉很糟,那个马德里小说家依然在滔滔不绝地絮叨着,我真是烦透他了。

三天后菲格拉斯给我打来了电话。他为没能更早回复我而感到抱歉(电话里听他的声音很遥远、很缓慢,似乎电话那端是一位老人或是病人),他跟我提到了阿吉雷,还问我是不是仍然想和他聊一聊。我说当然想了,不过约定见面时间可真是不容易。在讨论了这一周所有的日子后,我们最终把见面安排在了下一周；又在讨论了城里所有的酒吧和咖啡馆后（自然先提到了比斯特罗特咖啡馆，但是菲格拉斯没去过），我们约在了靠近火车站的玛吉纳诗人广场上的努里亚咖啡馆。

一周后我提前一刻钟来到了约定地点。我对于那天下午记忆犹新，因为第二天我就要和当时已经与我交往了一段时间的女友（那是我离婚后交的第三个女友：第一个是报社的同事，第二个则在一家餐厅工作）去坎昆度假了。她叫孔琪，她唯一的工作就是在当地电视台的占卜节目中担任占卜师——她在节目里的名字叫贾丝明。孔琪有时候会让我感到有点害怕，不过我觉得我可能就是喜欢能让我有点怕的女人。我不希望熟人知道我和她的关系，因为和一个有名的占卜师谈恋爱让我觉得有些不好意思，而且孔琪的打扮还有些过于前卫了（头发染过，皮制迷你裙，紧身上衣，铆钉鞋）。当然还有一个原因，我想我也没什么必要隐瞒了，就是孔琪有些特别。我还记得自己第一次带她回家那天，就在我费力地开着底楼门锁的时候，她说：

"这座城市真是坨狗屎。"

我问她为什么这么说。

"你看，"她露出了一脸嫌弃的表情，指着一个门牌说道，"'阿宾古达·尤伊斯·佩里科特，史前历史学家'，至少也应该在街上挂一个现代人的名牌吧，不是吗？"

孔琪觉得和一个记者（知识分子，她是这么说的）约会是很赞的事情，虽说我确信她从来都没有完整地读过我的任何一篇文章（哪怕很短的文章也没有读完过），她总是假装读过它们。在她家的客厅里有一尊瓜达卢佩圣母像,每本我出的书她都有一本,但都还包着塑封。"这是我男朋友。"我想象着她对那些来她家做客的半文盲女性朋友们介绍我时的样子,这肯定使她觉得自己高她们一筹。我认识孔琪的时候,她刚刚和她那位叫多斯-阿-多斯·冈萨雷斯的厄瓜多尔前男友分手,我猜这个奇怪的名字是他爸爸为了纪念某场他支持的球队第一次也是唯一一次夺得联赛冠军的比赛而起的。① 她是在健身房塑形时认识他的,两人最亲密时,她管他叫"平局先生",而在两人关系不好时则称呼他"脑子","脑子"冈萨雷斯,因为她觉得他没什么脑子。为了忘掉多斯-阿-多斯,孔琪搬到了附近一个叫夸尔特的村子里,在那儿用很少的钱租下了一栋位于树林中的破旧大房子。我曾多次劝她搬回城里住,我的理由主要有两个:一个很明确,一个很含糊;一个很官方,一个很私人。官方口吻的说法是那间房子太偏僻了,很不安全。事实上曾经有两个男人试图闯进屋子里,可是最后却被孔琪拿着石块追着打,我得承认那间房子对于任何试图闯入的人而言都很危险。而私人理由则是我没有驾照,每次我们从我家去她家或者从她家来我家,都只能开她的那辆大众汽车,那车太旧了,旧到值得那位史前历史学家佩里科特先生来研究一下了,而且孔琪开车时就像在躲闪着那些试图闯入她家中之人的追踪似的,似乎在我们的汽车周围行驶的都是由犯罪分子掌控的汽车。另外我这位女朋友还特别喜欢开

---

① "多斯-阿-多斯"(Dos-a-Dos)在西班牙语里有足球比赛比分是"二比二"的意思。

车,但是坐她开的车是一种冒险,而且是那种我只有在极为特殊的关头才愿意冒的险;可是这种情况却经常发生,至少在我俩刚刚确定关系那会儿,我们无数次开着她的那辆破车往返于我们二人的住所之间。此外,虽然我还没准备好承认这一点,可我认为孔琪非常喜欢我(比前两个女友都更喜欢我,但是比不上我的前妻):为了纪念我们恋爱九个月,她提议我们一起去坎昆度假两周,我一直觉得坎昆是个挺危险的地方,可一方面我想和孔琪独处,另一方面也被她的热情打动,我还是同意了她的提议。因此就在我终于能和菲格拉斯进行交谈的那个下午,我已经收拾好了行李,迫不及待地想要开启那趟在一段时间里(只有一小段时间)依然让我有些害怕的旅行了。

我坐在努里亚咖啡馆里,点了杯金汤尼,等待着菲格拉斯的出现。当时还不到下午八点,我旁边玻璃墙之外的露天座位已经坐满了人,不远处还时常有搭载着赶火车的旅客的巴士驶过。我的左侧有一个公园,树荫下,几个孩子在妈妈们的陪伴下荡着秋千。我记得自己那时想起了孔琪,在那之前不久她刚对我说过她不想到死都没生过孩子之类的话,那些话让我有些吃惊,我又想起了我的前妻,她曾在多年之前拒绝了我要一个孩子的提议。我那时候想,如果孔琪的话是一种暗示(现在我知道那确实是个暗示),那么和她一起去坎昆度假就是一个错误,因为我那时完全没有要孩子的想法;和孔琪生孩子我更是连想都没想过。不知为何我又想起了我的父亲,那种愧疚感又涌上了我的心头。不久之后,我很惊讶自己竟然会那么想,等到连我都记不起他的时候,他就算是真的死去了。也就在那时我看到一个大约六十岁的男人走了进来,我想那大概就是菲格拉斯了,我竟然在几个月里约了两个陌生人见面,而且全都没有和他们约定在身上做什么相认的标记,这令我感到有些无奈。不过我还是站起身子问他是不是菲格拉斯,他对我说他不是。我又回到座位上坐了下来,那时已经接近八点半了。我用目光搜寻着咖啡馆里孤身一人的男性,后来又走到露天座位处寻觅,但都一无所获。我在想是不是其实菲格拉斯一直就在咖啡馆里,就在离我不远的地方,但是因为厌烦了等待已经离开了;但我很快就对自己说那根本不可能。我身上没带他的手机号码,我猜测应该是菲格拉斯遇到了什么急事,耽搁了行程,于是我选择继续等待。我又点了一杯金汤尼,这次改坐到了露天座位上。我紧张地东张西望着;就在我张望的工夫,出现了两个年轻的吉卜赛人,一男一女,拿着电子键盘、麦克风和扬声器,就在顾客面前开始了表演。男的弹,女的唱。我记得很清楚他们弹的都是些双步舞曲,因为孔琪特别喜欢那种曲子,她甚至还曾试过给我报班让我学跳那种舞,但是并没成功,我印象清晰的另一个原因是,那是我第一次听到《西班牙的叹息》的歌词,那是首很有名的双步舞曲,可在那天之前我压根就不知道它是有歌词的:

> 他请愿于上帝,以其万能,
> 借太阳的四道闪光,
> 铸造出一位女子。
> 满足其愿,
> 我如玫瑰般,
> 降生于西班牙的一个花园。
> 我亲爱的布满荣光的大地,

被香气和激情萦绕的大地,
西班牙,所有的鲜花撒在你的脚畔,
一颗心,在叹息。
啊,我的心在滴血,
因为我离开了你,西班牙,
因为他们已将我,连根拔起。

那对吉卜赛青年的弹唱让我觉得那是世界上最悲伤的歌曲,我甚至在心里偷偷地想也许某天自己真的会愿意伴着这首乐曲跳一支舞。表演结束后,我在那位吉卜赛姑娘的帽子里放了二十欧元,后来顾客慢慢离开了露天座位,我喝完了我的金汤尼,也离开了。

回到家后,我发现菲格拉斯在自动答录机里留了言,他向我道了歉,他说在赴约前的最后一刻又来了件急事;他请我给他打电话。于是我把电话打了过去。他不停地道歉,然后提议我们重新约一个见面时间。

"我有个东西要给你。"他补充道。

"什么东西?"

"见面的时候再说吧。"

我对他说第二天我要出远门(我不好意思说我是要去坎昆),大约两个星期后才能回来。于是我们把见面时间定在了两周后,地点不变,我们在像傻瓜一样彼此描述了外貌特点后挂断了电话。

在坎昆发生的事情真是让人难以评价。孔琪负责规划了那次行程,但是她没跟我提过,除了两次在尤卡坦半岛的远足和多次在市中心购物之外,其他几乎所有时间都是和一群加泰罗尼亚人和安达卢西亚人和美国人一起待在酒店里,这个旅行团的导游喜欢吹哨子召集大家,还有两个完全不明白"安静"是什么意思的领队,除此之外,他们连一句西班牙语都不说;我必须承认我已经很多年没那么快乐过了。虽说逻辑有些怪,但我还是得说,我觉得如果我没去坎昆(或者说没在坎昆的酒店住过),我可能就不会下决心写一本关于桑切斯·马萨斯的书了,正是在那些日子里我整理了关于他的各种想法,同时认识到随着时间的推移,这个人物和他的故事已经成了极好的写作素材。我坐在房间阳台上,手里拿着杯莫吉托鸡尾酒,望着孔琪和那群加泰罗尼亚人、安达卢西亚人和美国人被那两个喊叫着的领队在身后催赶着("现在,去泳池!"),不过我的脑子里所想的一直都是桑切斯·马萨斯。我很快就下了结论:他的事情我知道得越多,我就越不理解他;我越不理解他,就越对他感到好奇;我越对他感到好奇,就越想知道更多关于他的事情。我已经知道(但我仍然不理解,所以我愈发感到好奇)那是一个有教养、聪明、忧郁且保守的男人,他缺乏勇气,惧怕暴力,可能是因为他很清楚自己无力与暴力抗争。他在二十世纪二三十年代一直默默无闻地干着自己的事情,最终却导致他的国家变成了一片荒蛮血海。我忘了是谁说过这句话了,他说无论谁赢得了战争,输的都是诗人。在去坎昆前不久我读到,1933年10月29日,西班牙长枪党在马德里剧院的第一次典礼上,身边总是围绕着一群诗人的何塞·安东尼奥·普里莫·德里维拉说:"最能打动人民的永远是诗人。"那句我忘了是谁的断言是愚蠢的,但是后面这句话不是:战争是金钱和权力的游戏,这没错,不过那些奔赴前线奋勇杀敌甚至自相残杀的年轻人都是被话语所操控的,那些操纵人心的话语也算得上是诗,因此赢得战争的人也算得上是诗人;而桑切斯·马萨斯总是在何塞·安东尼奥·普里莫·德里维拉身边做事,他懂得用那些充满牺牲、压迫、箭矢和呐喊的残酷诗歌来刺激数十万年轻人投身战争,把他们送去屠宰场,让他们丢掉性命,这甚至比那位出生在十九世纪的将军弗朗西斯科·佛朗哥的军事策略还行之有效。我已经知道(但我仍然不理解,所以我愈发感到好奇)战争刚一结束,立下了几乎无人理解的大功劳的桑切斯·马萨斯就被佛朗哥任命为战后第一届政府的不管部长①,但很快他就被免职了,因为据说他连一次政府会议都没有参加过,也是从那时开始他几乎不再参加任何政治活动了。他似乎对自己参与的在西班牙建立起的新制度很满意,他觉得自己已经可以功成身退了,所以他把自己生命中的最后二十年都用来写作、挥霍家中积蓄、通过某些奢侈的嗜好来放松取乐了。我对他那心灰意冷的隐退生活也感到好奇,不过我更感兴趣的还是内战那三年,尤其是他在那三年中离奇的经历、那次惊险的枪决、救他性命的民兵和"林中之友"。在坎昆(或者说在坎昆的那家酒店)的某一天,我在酒吧里从傍晚一直待到晚饭时间,就在那时我发现在封笔十年之后,现在又到了重新尝试写一本书的时刻了,同时我决定我要写的不是一本小说,而是所谓的真实虚构作品,也就是立足于现实的故事,故事里出现的

---

① 不管部长,意思是没有部门的部长,他们参与政治事务,但无实权,且不管理任何具体部门。

也都会是真人真事,那本书要聚焦于桑切斯·马萨斯所经历的枪决事件,探索那次事件发生的背景和后续情况。

从坎昆回来后很快就到了和菲格拉斯约定见面的那天下午,我和往常一样早早地来到了见面地点努里亚咖啡馆,我还没来得及点金汤尼,一个看上去五十多岁、体格健壮的男人就站到了我身边,他一头卷发,眼睛是蓝色的,目光深邃,脸上挂着淳朴的笑容。他就是豪梅·菲格拉斯。毫无疑问我想象中的菲格拉斯年纪要比眼前这人大许多(和我想象阿吉雷的情况一样),我想,电话会使人显老。他点了杯咖啡,我点了金汤尼。菲格拉斯又为上次失约而连连道歉,还抱歉地说这次他的时间也不是很充裕。他说他手头攥的活儿太多了,而且还在卖家里位于科内利亚德特里附近的坎皮海姆村的房子,最近一直为了这事在规整他已经去世十年的父亲的材料。提到父亲时菲格拉斯的声音有些颤抖,眼睛也湿润了,他咽了口口水,又露出了微笑,好像是觉得自己有些失礼。还好服务生及时送来了咖啡和金汤尼,这才打破了尴尬的气氛。菲格拉斯喝了口咖啡,说道:

"您真的要写本关于我父亲和桑切斯·马萨斯的书吗?"

"谁告诉你的?"

"米克尔·阿吉雷。"

其实是要写个真实的虚构故事,我心里想着,但并没有说出来。没错,我是要写本书。我觉得菲格拉斯应该和我的想法一样,如果有人能把他父亲写在书里的话,那么他父亲就像是还存在于这个世界一般。菲格拉斯坚持刨根问底。

"应该是那样一本书。"我撒了个谎,"你父亲经常提起桑切斯·马萨斯吗?"

菲格拉斯给了肯定的回答,然而他同时承认他对细节了解得不多。

"您知道的,"他又像是在道歉了,"对我而言那就像是个家庭故事。我爸爸给我讲过很多次……在家里,在酒吧里,有时是只讲给我们听,有时候周围还有村子里的其他人,因为我们曾经在坎皮海姆村开过一家酒吧,开了好多年。总之,我觉得我从没真正把他的话当一回事儿。我现在有些后悔了。"

菲格拉斯掌握的情况是,他父亲在内战时期一直为共和国而战,在战争末期,他回到家乡,经常和他的弟弟华金、华金的朋友丹尼尔·安赫拉斯混在一起,他俩也是刚刚从共和国部队退下来的。他还知道他们三人都不愿意跟着吃了败仗的共和国军队撤退逃亡,他们决定在佛朗哥的军队攻到附近时就藏进村子附近的山林里。就是在那片林子里,突然有一天他们遇见了一个几乎什么都看不见的人,那人在枝叶间磕磕绊绊地向他们走了过来。他们拿枪指着那人,让他报上自己的身份;那人说他叫拉斐尔·桑切斯·马萨斯,是西班牙长枪党的创始人之一。

"我父亲立刻就知道那人是谁了,"豪梅·菲格拉斯说道,"他经常会读到桑切斯·马萨斯的名字,他的照片也经常出现在报纸上,而且我父亲还读过他写的文章。至少父亲就是这么讲给我听的,我不知道是真是假。"

"应该是真的。"我表示认可,"之后呢?"

"他们四个一起在林子里躲了好几天,"菲格拉斯喝了口咖啡,然后继续讲道,"一直躲到国民军来到这里。"

"你父亲有没有给你讲过桑切斯·马萨斯和他一起在林子里的那几天都聊过什么?"

"应该是讲过的,"菲格拉斯答道,"但我记不清了。我说过我当时对他的话没怎么上过心。我唯一记得的是桑切斯·马萨斯给他们讲了他在科耶里经历的枪决事件。你知道那件事,对吧?"

我点了点头。

"他还给他们说了许多其他事,这一点毫无疑问。"菲格拉斯继续说道,"我父亲经常说,在那段时间里他和桑切斯·马萨斯成了非常要好的朋友。"

菲格拉斯还说在战争刚结束的时候,他父亲被关进了监狱,他们全家求了父亲很多次,让他给时任不管部长的桑切斯·马萨斯写信放他出来,但父亲从来没那么做过。他还说他父亲一出狱就听说村子里或是邻村里有知道他们和桑切斯·马萨斯关系的人给后者写了封信,要求后者给他们一笔费用,来偿还战时欠下的人情,据说那封信还经过了某位"林中之友"的认可,不过他父亲也立刻给桑切斯·马萨斯写了封信,否定了那种要求补偿的行为。

"桑切斯·马萨斯回信了吗?"

"我记得他回信了,但是我并不确定。目前我在父亲的信件中没有找到任何一封桑切斯·马萨斯写的信,难道父亲把那些信都扔了?我对此表示怀疑。因为他是个很细心的人,把所有东西都保存得很好。我不知道,可能他把那些信放在别的地方了,也可能突然某一天那些信就出现了。"菲格拉斯慢吞吞地把手伸进了上衣口袋,"不过我找到了这个。"

他递给我一本旧旧的笔记本,封面泛黑,不过能看出来原本是绿色的。我翻了翻它,大部分都没写东西,不过在开头和结尾几页上有用铅笔潦草写下的字,看上去是匆忙之中写成的,有的字混在纸张上原本就画着的格子线里,加上纸上的污渍,已经难以辨识了,而且我发现本子里有几页纸已经被撕掉了。

"这是什么?"我问道。

"桑切斯·马萨斯在林子里逃亡时随身带的日记本,"菲格拉斯答道,"至少看上去是这样的。你把它留着吧,不过可别丢了,对于家里人而言这是一份记忆,我爸爸把它当宝贝一样对待。"他看了一眼手表,抿了下嘴,说道,"好了,我得走了,记得再给我打电话。"

他用粗大的手掌撑起了身子,又补充道:"如果你想的话,我可以告诉你他们在树林中的藏身位置,其实就是卡萨诺瓦农庄;不过现在那里有一大半都变成废墟了,可是如果你要把那件事写下来的话,我想你应该愿意到那儿去看看。如果你不想把那件事写下来的话……"

"我还不知道我要写些什么呢。"我又撒了谎,我摸着笔记本陈旧的封面,就像是抚摸着某件珍宝。为了给菲格拉斯一点信心,我真诚地说道:"不过我相信你一定能给我提供更多信息的。"

"我已经把我知道的都告诉你了,"他又表达了歉意,不过这次我发觉他的眼神中多了一丝狡黠和犹疑,"不过呢,如果你真的要写一些关于我父亲和桑切斯·马萨斯的事,那么你最好和我叔叔聊一聊,他知道所有的细节。"

"哪个叔叔?"

"就是刚才提到的华金,"他解释道,"我爸爸的弟弟,'林中之友'的另外一位。"

我有点难以相信,就好像他刚刚对我宣布说参加过萨拉米斯海战的某个士兵复活了似的。我赶忙问道:"他还健在?"

"当然!"菲格拉斯笑了,他手上的一个小动作让我感觉他是假装对我表现出的惊讶有些吃惊的,"我没和你说过吗?他住在梅地亚,不过会经常跑到蒙特戈或奥斯陆的海滩去度假,他儿子在奥斯陆上班。我觉得你现在可能找不到他,不过到了9月,他肯定愿意和你聊聊。你希望我跟他说一下这件事吗?"

听到这个消息的我有些没回过神来,但还是立刻表示了同意。

"我也会尝试调查一下安赫拉斯住在哪里,"菲格拉斯没有掩饰自己的满足感,"他之前一直住在巴尼奥莱斯,可能他也还健在呢。另外一个我确定还在世的人是玛利亚·费雷。"

"玛利亚·费雷是谁?"

菲格拉斯压抑住了继续进行解释的冲动。

"我下次再跟你说。"他又看了一眼手表,然后这样说道。我们握了手,"现在我该走了,要是能和叔叔约好见面时间的话我就给你打电话。他会完完整整地把事情讲给你听的,你就等着瞧吧,他记性可好了。这期间你可以翻翻那本笔记本,我相信你会感兴趣的。"

我看着他结了账,离开咖啡馆,钻进了一辆胡乱停放在门口的脏兮兮的汽车里,然后把车开走了。我又摸了摸笔记本,但是没有把它打开。我喝完了金汤尼,站起身子准备离开,就在这时我看见坐满人的露天座位另一侧的高架铁轨上驶过一列豪华列车,我又想起了两周前在如此时一般的傍晚昏暗光线中弹唱的那两个吉卜赛年轻人。后来我回到了家里,平心静气地检查着菲格拉斯给我的笔记本,可是我的脑子里却依然回响着《西班牙的叹息》那忧伤的旋律。

我整晚都在翻看着那本笔记本。除了被撕掉的几页之外,本子的前半部分是用铅笔写的日记。我努力辨识里面的文字,我读着:

……林中屋子整顿妥当-食物-睡在草垛上-几个士兵路过。

3-林中屋子-和老先生谈话-我不敢待在房子里-树林-避难。

4-赫罗纳陷落-和避难者们在篝火边谈话-老先生比那位女士对我更好。

5-等待日-继续逃亡-大炮。

6-在林子里遇见了三个年轻人-夜晚-逃难守夜(后面一个词看不清)-炸桥-共和军撤走了。

7-早上和那三个年轻小伙重逢-在那几位朋友家吃了午饭。

日记到这里就结束了。在笔记本的后半部分也有几张纸被撕掉了,其他部分虽然也是用铅笔写的,但是字迹却一样,首先写的是三个小伙子的名字,也就是所谓的"林中之友":

佩德罗·菲格拉斯·巴伊

华金·菲格拉斯·巴伊

丹尼尔·安赫拉斯·蒂尔梅

再下面写着：

科内利亚坎皮海姆村的房子

（在火车站对面）

再往下是菲格拉斯兄弟的油笔签名，不是铅笔字了，和笔记本中其他的文字都不一样，再往下一页则写着：

帕罗尔德雷巴迪特

伯雷尔农庄

费雷家族

另一页又是铅笔字，字体也和日记部分一样，不过更清晰一些，这部分也是整个笔记本里文字最多的部分。上面写着：

拉斐尔·桑切斯·马萨斯，西班牙长枪党创始人，国家顾问，政治委员会前主席，红色统治区最古老的长枪党组织负责人，在此声明：

1. 1939年1月30日，我和另外48位不幸的囚犯一起在科耶里监狱被执行了枪决，本人在枪决队两次射击失误后奇迹般逃了出来，藏身于树林中。

2. 我在树林中走了三天，都是在晚上行动，靠沿途村民的施舍过活，后来我来到了帕罗尔德雷巴迪特附近，我的眼镜在一个小水渠里损坏了，这令我几乎看不清任何东西……

Instalado casa bosque
Comida - Dormir papas
para soldados.

3- Día bosque - Conversación
viejo - no se atreve a hacer
me en casa - Bosque -
Fabricación del refugio

4- Caída de Serena - Con-
versación junto al fuego
con los fugitivos. el
viejo me trata mejor -
ser señor.

5- Día de Espera - Cambio
mi refugio - Cañoneo

6- Encuentro en el
bosque con une [con los] fels
[...] de [...]
velada [...] de [...]
los viejos se van

这里缺了一页,也是被撕掉的。不过接下来还有其他内容:

……他们就在交战区附近把我藏了起来,一直到我们的军队抵达这里。

4.尽管伯雷尔农庄的居民们对此仍有异议,我依然想通过这份文件证明本人将以丰厚的物质资助来回报他们。如果军方同意,我提议授予(这里有一小片空白)的所有者荣誉勋章,以此表明我对他将终生保持诚挚谢意,这些和他为我所做的事情相比简直不值一提。

本人于科内利亚德特里附近的卡萨诺瓦农庄签署本文件,签署日期1号……

笔记本中的文字就到此为止。我又把这些内容重读了几遍,想在这些分散的信息中找到某种联系,再把它和我已经掌握的情况结合在一起。首先我打消了自己的疑虑,在读这本笔记本的时候我一直在想它会不会是伪造的,会不会是菲格拉斯兄弟搞出来骗我或是欺骗其他人用的,不过此时我已经想通了,一个淳朴的农民家庭何必要大费周章玩这种愚蠢的把戏呢。因为伪造这种东西实在是太费力也太无聊了。因为只有在桑切斯·马萨斯还活着的时候,这些文字才能被战败者用来抵御胜利者的报复,而既然他还活着,那么这些文字的真伪就很容易辨别了,而如果他去世了,这些就毫无用处了,那么伪造这些文字又有什么实际意义呢。不管怎样,我认为这本笔记本里的字(或者某些字,因为有好几种不同的字体)是桑切斯·马萨斯本人写下的。以此为基础可以认定(没有证据显示这种推测站不住脚),桑切斯·马萨斯就是日记部分的执笔者,记录的就是他在林中度过的那些日子,还提到了从林中出来后的几天。结合笔记本最后部分的文字可以判断,桑切斯·马萨斯知道自己被执行枪决的时间是1939年1月30日,也就是说,日记部分每段文字前对应的数字应该就是同年2月的日期(佛朗哥的军队是在2月4日进入赫罗纳的)。从日记部分的文字中我推测出在受到菲格拉斯兄弟一行人的保护之前,桑切斯·马萨斯肯定还在那片区域中的某处房子里躲了一段时间,那处房子有极大可能就在伯雷尔农庄里,因为他向那里的居民表示了感谢,还在声明最后说要给他们"丰厚的物质资助"和"荣誉勋章",我还猜测那个房子或是农庄可能就在帕罗尔德雷巴迪特,那是座离科内利亚德特里不远的城市,而且农庄中的居民应该都是费雷家族的成员,玛利亚·费雷肯定也是其中之一,而且根据豪梅·菲格拉斯在我们的会面结尾所言,她应该仍然健在。把所有这些因素整合到一起,很容易就得出这样的结论:找到玛利亚·费雷就等于找到了排列解谜拼图的正确方法。马萨斯在卡萨诺瓦农庄写了那份声明,我记得那就是他们四个人当时躲着的农庄,而他在写声明时明显已经得救了,他是想报答那些人对他的救命之恩,有了这份声明,那些人就可以免于经受战争刚结束时必会产生的不安全感,也可以帮助他们免遭迫害,因为就如同菲格拉斯兄弟和安赫拉斯一样,那个庄园里的大部分人可能都曾在共和国的军队里出过力。然而我突然生出了另一种想法,我觉得笔记本中被撕掉的部分可能正是桑切斯·马萨斯为感谢菲格拉斯兄弟和安赫拉斯的帮助所写的东西。我问自己究竟是谁把那几页纸撕掉的？他的目的又是什么？又是谁把日记部分的最初几页撕掉的呢？目的又会是什么呢？这些问题都是环环相扣的，实际上还有一个问题我已经问了自己很久了，那就是桑切斯·马萨斯在那片无主之地游荡的日子里都发生了些什么呢？他是怎么想的，怎么感觉的，他对费雷家族、菲格拉斯兄弟、安赫拉斯分别说了些什么呢？这些人对桑切斯·马萨斯说过的话又记得多少呢？他们听到那些话时在想什么，有什么感觉呢？我迫切地想跟豪梅·菲格拉斯的叔叔、玛利亚·费雷还有安赫拉斯聊一聊了，当然前提是他们还健在。他们都掌握着第一手资料，他们的版本一定更加接近真实的情况。然而我又问自己他们将要给我讲述的版本是不是真的就是百分百真实的，还是说它们也像其他遥远时代的故事一样不可避免地经过了润色删改，来让故事的主人公更富有传奇性，因此他们的话也有可能是假的，他们甚至可能都记不清发生过什么了，他们讲的可能都是他们借助模糊印象而讲述了无数遍的版本。

我被种种疑问压得喘不过气来，我确定就算运气再好我也至少得等上一个月才能跟菲格拉斯的叔叔谈话。我感觉自己像是在沙丘上艰难前行了很久，十分想感受一下脚踏实地的感觉，于是我拨通了米克尔·阿吉雷的电话。那天是周一，时间挺晚了，但是阿吉雷还没睡，我先是给他讲了我和豪梅·菲格拉斯面谈的情况，然后又提到了豪梅的叔叔和桑切斯·马萨斯的笔记本，最后我问他能不能从官方记录的层面查一下佩雷·菲格拉斯，也就是豪梅的父亲，是不是真的在内战刚结束时就被关进了监狱。

"那太简单了，"他答道，"在历史档案馆里保存着这座城市从内战开始之前的所有入狱者的名单。如果佩雷·菲格拉斯真的被抓过，那么他的名字一定在上面，我保证。"

"万一他被关在另一所监狱呢？"

"不可能。巴尼奥莱斯地区的犯人都是被送到赫罗纳监狱来的。"

第二天，在去报社工作前我先来到了历史档案馆，它位于老城区中的一幢旧楼里。我根据指示牌的指引沿着石头楼梯上了楼，走进了一个资料馆，里面很宽敞，阳光也很充足，有很大的窗户，木制桌子在灯光的照耀下闪着光芒。资料馆里很安静，只有在管理员敲击键盘时这份安静才会被打破，他缩在电脑后面，几乎完全被电脑挡住了。管理员是一个胡子发灰、头发凌乱的男人，我跟他说了我要找的东西，他站起身子，走到一个柜子前，抽出了一本扣眼活页簿。

"您找找看，"他把活页簿交给了我，说道，"每个人名前都有文件编号，想要查阅对应文件的话可以把编号告诉我。"

我找了张桌子坐了下来，开始翻看那份名录，里面包含了从1924年到1949年间所有囚犯的姓名，我寻找着是否有1939年或1940年入狱的姓菲格拉斯的犯人。由于这个姓氏在这个地区很常见，我找到了好几个符合这个条件的人，但是没有任何一个人叫佩雷（或是佩德罗）·菲格拉斯·巴伊：1939年在赫罗纳监狱里没有犯人叫这个名字，1940年也没有，1941年或是1942年也还是没有，根据豪梅·菲格拉斯的描述，他父亲就是在那几年间被关进监狱的。我把目光从活页簿上移开了，管理员依旧在电脑里输入着什么，大厅里没什么别的人。透过大窗向外望去可以看到一幢幢古旧的房屋,我想那种景色应该和六十年代或是内战结束前几个月相比没有什么太大变化,就在那段时间里,三个默默无闻的小伙子和一个四十多岁的男人正经历着那场噩梦的最后阶段。我在阳光的照射下想着:所有的一切都是假的。我的理由是,我想通过证实佩雷·菲格拉斯被抓进监狱这件事来确认那个事件的真实性,如果连这都证实不了的话,那么其他的细节也一定都是假的。我曾经对自己说一定真的有三个小伙子帮助逃过枪决的桑切斯·马萨斯在树林中活了下来,前期的诸多调查已经证明了这一点,无论是桑切斯·马萨斯的笔记本也好,还是他对自己的儿子费尔洛西奥描述的该事件也好,但是却也有些迹象让我怀疑救他的人并非菲格拉斯兄弟和安赫拉斯。在桑切斯·马萨斯的笔记本里确实写着他们的名字,不过却是用油笔写的,字体也和其他的文字不一样,其他的字都是用铅笔写的;毫无疑问是桑切斯·马萨斯之外的另一个人把那些名字添上去的。还有笔记本最后部分的内容里,在研究时我曾想过,桑切斯·马萨斯一定提到了菲格拉斯兄弟和安赫拉斯的名字,因为他必然要感谢这三个人的救命之恩,我认为被撕掉的几页纸上一定是写着他们三个的名字的,可是也有可能恰恰是因为马萨斯并没有提到过他们,那几页纸才被人撕掉了。也就是说:笔记本就是用来诱导像我这样的人的。至于佩雷·菲格拉斯虚假的入狱时间则毫无疑问是他本人或是他儿子或是随便什么人编造出来的;不管怎么说,联想到佩雷拒绝通过桑切斯·马萨斯这样的长枪党要员的关系出狱或是他面对向桑切斯·马萨斯索要补偿的信件时的态度,很容易让人认为这是为了在他身上塑造出又一个爱国英雄的传奇形象,因为没人能验证这些事情的真实性,尤其是在经历过那些事情的父辈人纷纷离世的情况下。比起困惑,我更多感受到的是失望,我问自己到底哪些人才是真正的"林中之友",又是谁、出于什么目的伪造了这么多假证据;而比起失望,让我更加感到困惑的则是,是否就像很多人从最初就怀疑的那样,桑切斯·马萨斯甚至从来就没来过科耶里,所有关于枪决及其之后发生的事件都只不过是桑切斯·马萨斯在头脑中构思的产物,当然他也一定得到了许多亲人、朋友、熟人或陌生人的帮助,他的目的无非是掩饰自己的懦弱,或是掩盖自己在战争中的某些不光彩的举动,又或是想让某个想象力丰富又轻信别人的研究者在六十多年后把他从历史的旋涡中解放出来。

我把活页簿放回到了架子上,然后就准备离开资料馆了。我因为受骗而感到羞愧。当经过管理员身前的时候,他问我有没有找到想找的名字。我把情况告诉了他。

"不要轻言放弃嘛,"他站了起来,没给我进一步解释的时间,他走到那个架子前,又把活页簿抽了出来,"你找的那人叫什么名字?"

"佩雷,或是佩德罗·菲格拉斯·巴伊。不过您还是别费心了,可能这人压根就没进过监狱。"

"可能没进过这个监狱,"他这样说着,但还是坚持问道,"您知道他是什么时候入狱的吗?"

"1939 年,"我让步了,"也可能是 1940 年或 1941 年。"

管理员很快就翻到了对应页上。

"没人叫那个名字,"他说道,"但也有可能监狱负责人记错了或是写错了名字。"他一边摸了摸胡子,一边嘟囔着,"让我们瞧一瞧……"

他往回翻了几页,手指快速在名单上滑动着,最后停在了某个名字上。

"皮格拉斯·巴伊,佩德罗,"他念道,"您要找的应该就是他了。请稍等一会儿。"

他走入一个侧门,不一会儿就带着一个文件夹回来了。

"您要的东西在这儿。"他说道。

文件夹里确实有佩雷·菲格拉斯的资料。千真万确。这让我有种重拾旧爱的感觉,我想如果佩雷·菲格拉斯入狱的事不是杜撰的话,那么其他的事情也就是真的了,于是我翻看起了那些资料。根据那些资料的记载,佩雷·菲格拉斯是圣安德烈德尔特里人,那是座和科内利亚德特里历史差不多一样久的城市,还显示他是农民,单身,二十五岁,没有前科。他是在1939年4月27日被军政府送过来的,并没有被判刑,还没到两个月后的6月19日就被释放了。文件还显示是军事法庭大法官遵从指示下了释放令,而那则指示被收录在了一个叫维森特·比拉·卢比劳拉的人的资料里。我立刻在名录里寻找卢比劳拉的名字,我找到了,把他的资料编号告诉了管理员,他给我把那份资料取了过来。前共和国军人卢比劳拉曾在1934年10月入狱服刑过,在内战结束后再次入狱,而且是和佩雷·菲格拉斯以及其他八名科内利亚德特里的市民同一天入狱的;他们所有人也都由于同一道命令,在6月19日被释放了,然而资料里却没有记录颁布那道释放令的具体原因,不过比拉·卢比劳拉又在同年7月再次被捕入狱,这次经历了审判和判刑,直到二十年后才再次出狱。

我向资料室管理员道了谢,赶到报社,匆匆忙忙地给阿吉雷打了通电话。阿吉雷听过和佩雷·菲格拉斯一同入狱的很多人的名字,他们大部分都是左翼政党的积极分子,他最了解的恰恰是比拉·卢比劳拉,据说他曾于内战刚爆发时在巴塞罗那参与了暗杀科内利亚德特里政府负责人的行动。阿吉雷说佩雷·菲格拉斯和他的八名同乡未经审讯就被关进监狱的情况在那个年代是很常见的事情,只要是曾经和共和国政府在政治或军事层面有过联系的人都会被清算,哪怕有时那种评判标准有些过于严苛且武断了;他还说佩雷·菲格拉斯很快被释放这一点也没什么奇怪的,新政府成立后认为很多在押者已经对其不构成什么威胁了。

"让我觉得奇怪的是像比拉·卢比劳拉这么有名的人,还有另一个和菲格拉斯一起入狱出狱的人也很有名,"阿吉雷说道,"他们竟然也和其他人在同一天被释放了,甚至连个解释都没有。所以我觉得比拉·卢比劳拉和另外那个人很快又再次被抓也很正常。不过我解释不了,"阿吉雷停了一会儿,"除非……"

"除非什么?"

"除非是有人插手了,"阿吉雷答道,但是并没有提我们两人脑子里都浮现出的那个名字,"插手的人肯定是掌握着实权的,是领导层的人物。"

同一天晚上,我和孔琪去了一家希腊饭馆吃晚饭,我郑重向她宣布,因为我感觉必须"郑重"地宣布这事:在封笔十年之后,已经到了我再次尝试写书的时刻了。

"他妈的!"孔琪喊叫着,她早就想在客厅中的瓜达卢佩圣母像旁再添一本我的新书了;她把一块蘸酱面包送到嘴边,补充道,"我希望不是一本小说。"

"不是,"我很肯定地说道,"是一个真实的虚构故事。"

"那是啥玩意?"

我给她做了解释,我相信她听懂了。

"那就和小说差不多,"我总结道,"只不过不是通篇谎话,而是通篇事实。"

"还好不是一本小说。"

"为什么这么说?"

"不为什么,"她答道,"只不过,亲爱的,这么说吧,我觉得想象力不是你的强项。"

"你还真是会说话,孔琪。"

"别这么说,伙计。我想说的是……"她不知道该怎么把自己的想法表达出来,她又拿起一块面包,然后说道,"算了。那书是关于什么的?"

"关于萨拉米斯战争的。"

"啥玩意?"她又喊道。

有好几个人转头朝我们这边望了过来,这已经是第二次了。我知道孔琪是不会对我这本书的内容感兴趣的,不过我也不想让别人以为我们是在吵架,于是我又继续试着解释我想写的东西。

"要有点实质内容,"孔琪苦笑着做了评论,"写点关于帅哥的东西啊,红色作家里面也有很多可以写的嘛!例如加西亚·洛尔迦。他是红色作家吧。不是吗？啊啊啊啊啊啊啊。"她并没有等待我的回答,而是把手伸到了桌子下面。我吓了一跳,掀开桌布看了看。她说:"伙计,我被刺扎到手了。"

"孔琪,"我轻声责备着她,然后坐正了身子,试着露出微笑,同时还用眼睛余光观察着旁边桌子的反应,"要是你和我出门的时候能记得穿上内裤,我想我会很感激你的。"

"你说什么鬼话呐!"她笑得比我更灿烂,但是依然没把手从桌下抽回,这时我注意到她的脚搭着我的腿肚子向上移来,"你不觉得我不穿内裤更性感吗?好了,什么时候开始呢?"

"我跟你说了无数次了,我不喜欢在公共场所的洗手间里做那种事。"

"我不是说那个,你这个雏儿。我指的是你那本书。"

"哦,书啊,"激情从我的腿部上涌,却在我脸上消退了下去,"快了,"我嘟囔着,"很快我搜集完资料就开始写。"

事实上我又花了很长时间才构思好了想讲的故事,也想通了哪怕大部分人提供的故事版本有些许差异存在,可是它们至少都对我了解真相提供了帮助。我利用报社工作之余的闲暇时间研究了几个月桑切斯·马萨斯的人生经历和他的作品。我重读了他写的书,尤其是他写的文论作品和报刊文章,我甚至读了他的朋友、敌人和同时代作家写的许多文章和书籍,只要我能搞到的关于长枪党、法西斯主义、内战以及佛朗哥政府情况的东西我全都读了。我经常去图书馆、报刊阅览室和档案室。我在巴塞罗那待了很久,还去了马德里几次,就是为了和认识桑切斯·马萨斯的人、他的朋友(或者是他朋友的朋友、熟人的熟人)以及研究他的学者教授聊一聊。我在科耶里修道院待了一整个上午,霍安·普拉茨神父脑袋光亮、面带笑容,他带我参观了栽满柏树和棕榈树的庭院、空阔的厅室、深邃的连廊、带木制扶手的石阶和空无一人的讲堂,桑切斯·马萨斯和他的狱友就曾如阴影般在这些地方晃荡过。神父对我说,从战争刚结束那会儿开始这里就被用作儿童收容所了,那种状态一直持续到我这次来访的一年半以前,修道院的规模缩小了,现在有些慈善协会有时会在这里召开一些会议,还有的远足旅行者会在这里借宿。科耶里枪决事件发生时普拉茨神父可能还没出生,但是他却对这里发生的事了如指掌,根据他那真假难辨的版本,佛朗哥的军队占领修道院后,把监狱守卫全都杀了。也正是普拉茨神父告诉了我枪决事件发生的确切地点。我根据他的指引从我来的那条路离开了修道院,走到了一个石制十字架跟前,那是为了纪念大屠杀而立起来的,我向左拐进了隐藏在松树之间的一条小路,走到了一片空地上。我在那里待了一会儿,10月的天空洁净无瑕,风有点大,我在树荫下行走着,默默感受着森林中的宁静,试图想象着六十年前那个光线不似此日一般清晰的1月清晨,却只是徒劳,当时有五十个人就死在了这个地方,然而还有两个男人在美杜莎的凝视下逃了出去。好像我又感受到了那次事件带来的冲击,我在那里多待了一会儿,然而我再也没能获得什么新的感受。然后我就走了。我去了科内利亚德特里,我约了豪梅·菲格拉斯吃饭,他在当天下午带我参观了伯雷尔农庄、费雷家族的旧房子、坎皮海姆村、菲格拉斯家的旧房子和卡萨诺瓦农庄,也就是桑切斯·马萨斯、菲格拉斯兄弟和安赫拉斯曾藏身避难的地方。伯雷尔农庄是位于帕罗尔德雷巴迪特城附近的一个农庄;坎皮海姆村在科内利亚德特里;卡萨诺瓦农庄在二者之间,位于树林之中。如今伯雷尔农庄已经无人居住了,但也不是完全被废弃掉,它的情况和坎皮海姆村差不多;卡萨诺瓦农庄则不仅无人居住,还成了一片废墟。毫无疑问在六十年前这三个地方肯定大不相同,但是时间磨平了它们的棱角,它们如今都是一样的萧瑟,秋日午后的风穿梭在村子里遍布的乱石之间,丝毫看不出那里曾经有人居住过的迹象。

豪梅·菲格拉斯履行了他充当中间人的诺言,我也因此有机会和他的叔叔、玛利亚·费雷以及丹尼尔·安赫拉斯谈了话。他们三个人都已经年过八旬了:玛利亚·费雷八十八岁,菲格拉斯和安赫拉斯都是八十二岁。不过他们三人的记忆力很好,或者说至少都还对他们与桑切斯·马萨斯的相遇以及之后一系列的事情记忆犹新,看上去那些事情对他们的整个人生都具有决定性意义,他们会时不时地回味它们。三个人讲述的版本各有不同,但是却也并不互相矛盾,甚至在不止一个地方有互相补充的作用,因此利用他们的叙述内容,再加上符合逻辑的推测和一点点想象力,我很容易就把桑切斯·马萨斯的冒险经历重建了起来。可能是因为现在已经没人愿意聆听老人们讲话了,尤其讲的还是他们年轻时的事情,所以三位老人都讲得很起劲,我不止一次地引导他们不要聊偏了话题。我可以想象他们会在内容里添加一些细枝末节,不过我知道他们说的都是真的,因为在那种情况下,谎言是会被一眼看穿的。现代人总是喜欢给以前的人套上许多乏味无趣的惯用说辞,来让他们显得特别,像是英雄人物,然而我眼前的三个人虽然大不相同,但在我心里能够把三人联系在一起的唯一因素就只是他们那幸存者的身份:菲格拉斯个子很高,身材魁梧,看上去很显年轻,他穿着格子衬衫和破旧牛仔裤,戴着水手帽,一看就是个饱经沧桑却很有活力的人,他聊天时喜欢用手比画,还经常会提高音量或是突然大笑起来;至于玛利亚·费雷,后来豪梅·菲格拉斯跟我说她在位于科内利亚德特里的家中见我之前特意去理发店收拾了一番,她家的房子曾经一度是酒吧和外来品商店,到现在还如遗迹般保留着入口门、大理石柜台和一杆秤,玛利亚·费雷身材矮小,笑容甜美,讲话老是偏离主题,她有时眼神会透出狡黠,有时又会眼中带泪,因为回忆那些往事给她带来了某种愁绪,她的双眼依然清澈,恰如夏日里的涓涓细流;至于安赫拉斯,我和他之间的谈话才是最有意义的,至少对于我,或者说对于我的那本书而言是这样的。

安赫拉斯从许多年前就开始在巴尼奥莱斯市中心经营一家小旅馆了,他的旅馆位于一幢古老而美观的大房子中,那幢房子还带着一个有几根圆柱立于其中的宽敞庭院和几间阴暗的大厅室。他在见我之前不久刚刚摆脱了梗塞带来的死亡阴影。他的外表很不起眼,整个人显得有点懒散,像修士一样严肃,不过他的举止却和他的那些外表特征及加泰罗尼亚小商人所有的谦恭态度截然不同。我认为无论是对菲格拉斯还是玛利亚·费雷抑或是安赫拉斯而言,他们是乐于见到我对他们产生兴趣的,我也不知道我的这种想法是不是有些夸张,不过我看得出安赫拉斯很享受回忆华金·菲格拉斯这位他多年未见的曾经最好的朋友、回忆内战中他们共同经历过的冒险,他试图把那些冒险轻描淡写地描述成年少轻狂的举动,但我知道其实那些是他人生中最重要的经历,也许是因为那是他一生中唯一真正的冒险,也有可能是因为那是他唯一可以毫无顾忌地引以为豪的经历。他跟我谈了很久那些冒险的细节,后来又谈到了梗塞,谈到了他的老婆和孩子们,还谈到了他唯一的孙女。我明白为了找到一个人听他谈这些事情,他已经等了太久了;我也明白我愿意听那些只是因为他给我讲了自己在内战中的经历。我为此感到羞愧,我有点可怜他,当我觉得自己已经听得够多了的时候,我就起身准备告辞了,但是恰巧那时下起了雨,安赫拉斯坚持送我到公交车站。

"我现在想起来了,"我们打着同一把伞穿过路面有积水的一个广场时他突然这样说了一句,他停下了脚步,我不可避免地认为那所谓的突然记起的事情只不过是为了留下我而耍的诡计,"桑切斯·马萨斯在走之前曾经对我们说他要把那一切写成一本书,他说我们所有人都会出现在那本书里。他说书名会是《萨拉米斯的士兵》,很奇怪的书名,对吧?他还说会给我们寄书,但是书一直没有寄来。"安赫拉斯望向我——路灯的光照在他的眼镜上,折射成了橘色的闪光。我也回望着他,看着他深陷的眼窝和凸起的额头,看着他的颧骨和嘴。他问道:"您知道吗,他到底写了那本书没有啊?"

我的后背感到一丝凉意。有那么一瞬间我就要回答他说"写了",但我的脑中立刻闪过了这样的念头:如果我回答他说"写了",那么他一定想读,到时候就会发现我骗了他。我

感到自己从某种意义上来说好像是背叛了安赫拉斯,但我还是干巴巴地说道:

"没。"

"他没写还是您没这方面的消息啊?"

"我不知道他写没写那本书,"我还是撒了谎,"但是我保证我会去查一查的。"

"查一查吧,"安赫拉斯又重新迈开了步子,"要是他写了,那就麻烦您寄给我一本。我相信他肯定会提到我们几个的,我已经跟您说过了,他总是说我们是他的救命恩人。我很想读读那本书。您能理解我的心情吧,对吧?"

"当然了,"我答道,为了不让自己更加惭愧,我补充道,"您别担心,我一找到那本书就把它寄给您。"

第二天,我刚到报社就去了主编办公室,请他允许我把那些都写下来。

"怎么,"他略带嘲讽地问道,"又要写小说了?"

"不,"我自信满满地答道,"这次是一个真实的虚构故事。"

我跟他解释了什么是真实的虚构故事,又紧接着说了我的构思。

"我喜欢这些想法,"他说道,"书名有了吗?"

"有了,"我答道,"就叫《萨拉米斯的士兵》。"

第二部分　萨拉米斯的士兵

1939年4月27日,也就是佩雷·菲格拉斯和他的八名科内利亚德特里的同乡入狱那天,拉斐尔·桑切斯·马萨斯刚刚被西班牙正统长枪党和国家工团主义奋进会(JONS)授予国家级顾问称号,还被后者任命为政治委员会副主席;那时共和国倒台还不到一个月,还要再过四个月桑切斯·马萨斯才会被任命为战后第一届政府的不管部长。他一向是个傲慢专横、难以相处的人,但却并不吝啬小气、睚眦必报,因此在那段时期他办公室前的接待厅里总是挤满了前来求助的囚犯家属,他的很多熟人或朋友都在内战刚结束那会儿被关进了监狱。没有证据显示他搪塞或拒绝帮助那些人。在他的斡旋下,那位独裁者免去了诗人米格尔·埃尔南德斯的死刑判决,但是他却没能阻止行刑队在1940年11月的一个清晨杀害胡里安·苏加萨戈伊蒂亚,他是桑切斯·马萨斯的好朋友,在内格林政府担任过部长的职务。在这次毫无意义的枪杀发生前的数月,在以长枪党高官的身份出访罗马归来后,桑切斯·马萨斯的秘书、记者卡洛斯·森蒂斯交给他一份待办事件清单,他看了看那天早晨的待接见人员名单,突然打了个激灵,重复念叨着一个名字,然后站起身子,迈着大步走到门口,打开办

公室的门走了出去,最后站在接待厅中央,望着一张张惊恐的面孔问道:

"诸位之中有哪位叫华金·菲格拉斯?"

一个目光游离、一看就是经过旅途跋涉才来到这里的男人被这个问题吓了一跳,他想做出回应,可那时打破由桑切斯·马萨斯的问题带来的沉寂的只是某人肚子咕噜噜的叫声,最后男人把揣在上衣口袋中的手抽了出来,有些绝望地举了起来。桑切斯·马萨斯走到他的身前,问他是不是佩雷·菲格拉斯和华金·菲格拉斯两兄弟的亲人。"我是他们的父亲。"男人这样答道。他带着浓重的加泰罗尼亚口音,听到问题后就开始疯狂点头,连桑切斯·马萨斯为了安抚他而给他拥抱时他的头都还在点着。相认之后,两人在桑切斯·马萨斯的办公室里聊了几分钟。菲格拉斯说他的儿子佩雷已经被关在赫罗纳监狱一个半月了,和被抓的其他人不一样,官方拿不出什么实质证据来证明他在内战之初参与了科内利亚德特里教堂纵火事件或是刺杀政府官员事件。桑切斯·马萨斯没等他说完,就从侧门走出了办公室,没过多久就回来了。

"搞定了,"他说道,"您回到科内利亚德特里的时候,佩雷应该已经在家里等你了。"

菲格拉斯满心欢喜地走出了办公室,在沿着办公大楼的楼梯向下走去时,他感觉到手部有隐隐的刺痛感,他这才想起那东西还被塞在他的上衣口袋中,那是张从一本绿色封面的笔记本中撕下来的纸,此时已经被揉皱了,那本笔记本是桑切斯·马萨斯为了证明自己亏欠菲格拉斯兄弟恩情而留在他家的。几天后当他回到科内利亚德特里时,他拥抱了自己刚刚被释放的儿子,不过他并没有因为激动而落泪,菲格拉斯知道自己长途跋涉穿越这个满目疮痍的国家去找那个他认定以后必将成为西班牙最有权势的人物之一的陌生人的举动并非是个错误。

其实他还是犯了某些错误的。因为尽管认为这并非绅士应该从事的职业,桑切斯·马萨斯依然已经投身政坛十多年了,而且距他退出政坛还有数年时间,不过他一生中权力最大的时候也恰恰是菲格拉斯去寻求他帮助的那个时期。

桑切斯·马萨斯出生于距那天四十五年前的2月18日,出生地是马德里。他的父亲是来自科里亚的军医,不过在他出生前几个月已经去世了,他父亲的叔叔曾经当过阿方索十二世的私人医生,他的妈妈叫玛利亚·罗萨里奥·马萨斯·伊奥伟戈索,桑切斯·马萨斯刚一出生就被妈妈带到了自己位于毕尔巴鄂的家中进行抚养。他们生活在一幢五层楼房里,那栋楼在埃纳俄街上,临近阿雷纳尔桥。桑切斯·马萨斯就在那里,在一群没有孩子的大人的溺爱中成长了起来。马萨斯家族是一个具有自由派背景和悠久文学传统的大家族,和米格尔·德乌纳穆诺以及毕尔巴鄂上流社会都有密切的联系,桑切斯·马萨斯曾以此为灵感创造出了几个小说人物,也是在那些人的影响下,桑切斯·马萨斯养成了上层人士的生活习惯和对文学的热爱。他的文学修养也和母亲有关,那是一个精明睿智的女人,在丧夫后穷尽所有精力来引导桑切斯·马萨斯成为一名作家,这也算是实现她自己未能实现的理想。

桑切斯·马萨斯没有让她失望。他确实是一个很平凡的学生,在贵族教会学校的表现并不突出,后来进入了马德里中央大学,再后来于1916年在位于埃斯科里亚宫中、由圣奥古斯丁教派信徒管理的玛利亚·克里斯蒂娜皇家高等教育学院获得了法学本科文凭。然而很快他就在文学创作领域展现出了极高的天赋。十三岁时他就能写出索里利亚和马尔基纳①风格的诗作了;二十岁时开始模仿鲁文·达里奥和乌纳穆诺;二十二岁时就成了成熟的诗人;二十八岁时诗歌创作技巧就已经炉火纯青。按照桑切斯·马萨斯习惯保持的高贵姿态,他甚至不想公开发表那些诗作,我们能够完整地(或者说几乎完整地)读到它们还是要归功于他的母亲,她在几本黑色油布封面小本子上手抄了那些诗歌,还在每一首下面标注了创作时间及地点。桑切斯·马萨斯确实是一位优秀诗人,或者说是位比较优秀的诗人,不过他满足一切成为优秀诗人的要求。虽说他所使用的诗歌语言陈旧平凡、单调且有些感性化,可是桑切斯·马萨斯把这些语言灵活地组织了起来,赋予其一种纯净、自然、流畅的音乐性,从他的诗歌中人们可以感受到时光流逝带来的悲喜忧郁,时间的流逝也带走了属于理想世界的稳定的等级秩序,不过那种世界注定只是不可能出现的虚构产物,就像天堂一样。

尽管在世时桑切斯·马萨斯只正式出版过一部诗集,但可能他一直就把自己视作诗人,不过话说回来,他也确实算得上是位诗人;可是和他同时代的人都更把他视为散文家、文论

---

① 指何塞·索里利亚(1817—1893)和爱德华多·马尔基纳(1879—1946),均为西班牙诗人。

家、小说家或是政客,恐怕这最后一个才是他最著名的标签,但也同时是他本人从未认同过的身份,也可能是他从来没有真正做过的职业。1916年6月,在他推出自己的首部小说《塔林的微小记忆》一年后,也正是他从法学专业毕业后不久,桑切斯·马萨斯回到了毕尔巴鄂,那时的毕尔巴鄂是一座自给自足、世风浮夸的城市,掌握在富有的资产阶级手中,得益于西班牙在第一次世界大战中保持中立,那段时期国家经济经历了一段繁荣期。这种繁荣在文化领域的体现就是《赫尔墨斯》杂志,杂志集结了一批信奉德·奥尔斯①理论和西班牙主义的天主教作家,他们极度推崇罗马文化和西方文明价值,因此拉蒙·德巴斯特拉②将他们称为"比利牛斯罗马派"。巴斯特拉是那批作家中最有名望的人之一,后来那批人中的大部分都加入了长枪党;另一个有名望的就是桑切斯·马萨斯。他们经常在里昂·德奥尔咖啡馆聚会,那家咖啡馆位于洛佩斯·德·阿罗大道上最中心的位置,在那些聚会中桑切斯·马萨斯总是表现得很有涵养,谨慎小心但有时又有些言辞虚夸,何塞·玛利亚·德阿雷尔萨当时还是一个小孩子,他爸爸经常带他到里昂·德奥尔咖啡馆喝巧克力汁,他还记得桑切斯·马萨斯是个"瘦高小伙,特别瘦,戴着厚重的近视眼镜,眼睛里像是在冒火,但同时又显得很疲惫,他有时会提高音量来引出某个他想讨论的问题"。那个时期的桑切斯·马萨斯已经是《阿贝赛报》《索尔报》和《巴斯克民族报》的固定

---

① 欧亨尼奥·德·奥尔斯(1881—1954),西班牙作家、哲学家、艺术评论家。
② 拉蒙·德巴斯特拉(1888—1928),西班牙作家、诗人、外交家。

撰稿人了，1921年，《巴斯克民族报》主编胡安·德拉克鲁斯委托桑切斯·马萨斯为摩洛哥战争的通讯员，他在摩洛哥激烈的战火中结识了另一位来自毕尔巴鄂的通讯员印达莱西奥·普列托，他们经常在夜里一起吃喝谈话，结下了深厚的友谊。

桑切斯·马萨斯在摩洛哥待了不到一年时间，因为1922年胡安·伊格纳西奥·卢卡·德特纳又委托他为《阿贝赛报》驻罗马通讯员。意大利本就是让桑切斯·马萨斯魂牵梦绕之地。年轻时对古典文化、文艺复兴和罗马帝国的痴迷令桑切斯·马萨斯有浓重的罗马情结。他在罗马生活了七年，并在那里和莉莉亚娜·费尔洛西奥结了婚，她那会儿是个刚成年的意大利姑娘，他们两人一辈子都保持着一种很混乱的关系，但是却生下了五个孩子。桑切斯·马萨斯在意大利成长为男人、读者和作家。他在意大利写出了许多结构精巧、文学性很强的文章，也借此名声大噪，他的文章有时博学优美，有时又充满政治激情，甚至可以说那时创作的文章是他文学生涯中最出色的作品。也是在意大利，桑切斯·马萨斯变成了法西斯主义者。我们甚至可以毫不夸张地说桑切斯·马萨斯是西班牙第一个法西斯主义者，也可以说法西斯主义是对他影响最大的学说。他如饥似渴地阅读莫拉斯[1]的著作，还成了路易吉·费德佐尼[2]的至交好友，此君在意大利上流社会大肆宣扬法西斯主义，后来还在墨索里尼政府担任过多个

---

[1] 夏尔·莫拉斯（1868—1952），法国作家、法兰西学院院士、政客。他的思想被认为是法西斯主义某些观点的前身。

[2] 路易吉·费德佐尼（1878—1967），意大利民族主义者、法西斯政客。

部长职务。推崇君主制和保守主义的桑切斯·马萨斯坚信他在法西斯主义中发现了拯救自己祖国的思想武器,他希望以此恢复旧制度中的等级秩序,而这正是旧的民主平均主义和新兴的、强势的布尔什维克平均主义威胁说要在全欧洲彻底根除的东西。我们也可以换个角度来想:也许对于桑切斯·马萨斯而言,法西斯主义只不过是把他的诗歌或者说他曾在诗歌中用忧伤的笔触描写出的世界化为现实的政治工具,就是那个被时光带走的世界,那个不可能出现的虚构的天堂。言归正传,桑切斯·马萨斯满怀激情地将自己在罗马的经历写成了一系列题为《信步意大利》的散文,他把贝尼托·墨索里尼视为再生的文艺复兴雇佣兵,将他的掌权看作是英雄和诗人的时代重临意大利的标志。

1929年回到马德里时,桑切斯·马萨斯已经立志要把那个时代也重新带回西班牙。从某种意义上来说他后来也确实做到了这一点。因为战争本身就是属于英雄和诗人的时代,而且在二十世纪三十年代很少有人会像他一样穷尽如此多智慧、精力和才能来促使在西班牙爆发一场战争。不过刚回到西班牙,桑切斯·马萨斯就发现要实现自己的理想,只凭借建立一个模仿在意大利取得成功的政党是不够的,还必须塑造出一个文艺复兴时代雇佣兵首领式的人物,他将成为一个象征,来激发和释放那些西班牙社会中传统保守势力的能量,那些人因君主制度的终结及共和制度不可避免的胜利而感到无比惊恐。要完成第一个任务尚需时日,但是第二个则可以立刻实现,桑切斯·马萨斯急于寻找的强人就是何塞·安东尼奥·普里莫·德里维拉。两人之间的友谊牢不可破(一个很好的证据就是何塞·安东尼奥在1936年11月20日被处决前夕于阿利坎特监狱写的最后几封信中,有一封就是写给桑切斯·马萨斯的);这种友谊可能是建立在两人恰好能够互补的基础上的。何塞·安东尼奥身上刚好有桑切斯·马萨斯缺乏的东西:年轻、俊朗、富有、孔武有力、出身名门;反过来,桑切斯·马萨斯也有何塞·安东尼奥没有的东西:在意大利的生活经历、大量的阅读、文学上的才华等,桑切斯·马萨斯变成了何塞·安东尼奥最得力的参谋。长枪党创建后,桑切斯·马萨斯成了党内最主要的思想家和宣传员,也是为长枪党进行宗旨和意义方面勾画的重要人物之一:桑切斯·马萨斯提议用枷锁和箭矢作为长枪党的象征标志,那其实正是天主教双王曾使用过的象征物,他设计出了仪式性的口号"西班牙,站起来吧!"还创作了著名的《为长枪党亡者而作》。在1935年12月的数个夜晚中,桑切斯·马萨斯、何塞·安东尼奥和其他几位党内作家一起在马德里米格尔·莫亚街上一家名为奥尔·孔彭的巴斯克风格酒吧中写出了党歌《面向太阳》的歌词。那些作家包括哈辛托·米格拉雷纳、阿古斯丁·德福克萨、佩德罗·毛拉内·米切莱纳、何塞·玛利亚·阿尔法罗和迪奥尼西奥·里德鲁埃霍。

不过桑切斯·马萨斯真正成为拉米罗·雷德斯马·拉莫斯[①]所说的"长枪党理论奠基人"又是后话了。已经有了作家名望、怀揣全新意识形态思想的桑切斯·马萨斯于1929年回到马德里时,西班牙几乎没人真正想过要创建一个法

---

① 拉米罗·雷德斯马·拉莫斯(1905—1936),西班牙政客、散文家。

西斯政党，包括雷德斯马也是一样，可是两年后恰恰是雷德斯马创建了国家工团主义奋进会，而这也是西班牙真正意义上的第一个小法西斯主义团体。和政治一样，西班牙文学当时也受到了欧洲其他地区的影响，同时也对西班牙的政治变化有所反映：1927年一个曾经追捧奥尔特加的精英主义、后来又很快加入共产党的名叫塞萨尔·阿尔科纳达的年轻作家说出了与他同时代很多人的心声："一个年轻人可以信仰共产主义，也可以信仰法西斯主义，信仰什么都可以，就是不能再相信那些陈旧的自由派理念。"这也从一方面解释了为何在短短几年间，在西班牙和全欧洲就有大量在二十年代还推崇唯美主义艺术的作家会在三十年代投身残酷的政治斗争。

桑切斯·马萨斯也不例外。事实上在内战爆发前，他所写的那些文笔老练的散文体文章也都仅限于把长枪党理念（意识形态上的混乱、对暴力和军国主义的神话式夸张、做作地宣扬祖国和天主教的永恒特点）和对拉丁历史学家、德国思想家及法国诗人的大量引用结合在一起，按照安德烈斯·特拉彼略的理解，这种写作方法无非是在为紧接着将出现的同胞相残做着准备。与此形成鲜明对照的是桑切斯·马萨斯在那些年中表现出的狂热的政治态度。在做出了几次创建一个法西斯政党的尝试后，1933年2月，桑切斯·马萨斯与记者曼努埃尔·德尔加多·巴列托、何塞·安东尼奥·普里莫·德里维拉、拉米罗·雷德斯马、拉莫斯、胡安·阿帕里西奥和埃内斯托·希梅内斯·卡瓦列罗（桑切斯·马萨斯和此君在多年里都由于争夺西班牙法西斯主义意识形态主导权而关系不和,有时这种矛盾甚至是公开的,桑切斯·马萨斯可以说笑到了最后)一起创办了《法西奥》周刊,这可能是几种国家工团主义的第一次汇流,也为后来长枪党的创立奠定了基础。第一期也是最后一期《法西奥》周刊在一个月后出版了,出版后立刻就遭到了当局的封禁,不过同年10月29日在马德里剧院,西班牙长枪党成立典礼举行,桑切斯·马萨斯被任命为领导委员会成员,几个月后他得到了编号为4的党员证(雷德斯马是1号;何塞·安东尼奥是2号;鲁伊斯·德阿尔达是3号;希梅内斯·卡瓦列罗是5号)。从那时起到1936年7月18日,他在党内都处于决定性地位。实际上长枪党在内战爆发前只在西班牙吸收了数百名军人党员,在各种选举中最多也只获得过几千张选票,可后来却改变了整个国家的历史进程。在那些年里桑切斯·马萨斯到处发表演讲、参加群众集会、策划宣传、起草报告、下达命令、给领导谏言,但他最倾注心血的还是在长枪党官方周报《F.E.》上发表匿名或署名(有时署的是何塞·安东尼奥的名字)文章,他在周报上拥有一个名为"方式的规则与口号"的专栏,那些文章通常是阐述某些思想或对某些生活方式进行评判,不过随着时间的推移,包括桑切斯·马萨斯本人在内的所有人都毫不怀疑那些文章首先将会变成关于战争迫切性的革命思想宣传,再然后就会被那些缺乏男子气概、没能力、狡猾而又保守的军痞篡夺而变成其宣扬意识形态的工具,最后则会被一群蠢货在令人压抑的四十年中用来抨击政府的制度。

不过在那个酝酿着战争的年代,桑切斯·马萨斯所写的东西在出身良好且有暴力改革倾向的年轻人中很有市场。那时候何塞·安东尼奥很喜欢引用奥斯瓦尔德·施本格勒①的一句名言:"到了最终时刻,拯救文明的总是一队士兵。"那时的长枪党年轻人都认为自己就是那"一队士兵"。他们知道(或者说他们以为自己知道)他们的家人有着天真的资产阶级美梦,却没有意识到冷酷野蛮的平均主义浪潮将会用猛烈的灾难一举将之击碎。他们认为自己有义务用自己的力量拯救文明,避免那种灾难的发生。他们知道(或者说他们以为自己知道)他们势力弱小,但是那种人数上的欠缺并不会使他们气馁。他们认为自己是英雄。尽管已经不年轻了,缺乏勇气与力量,甚至没有心思去追求勇气与力量,也没有出身于一个做着资产阶级美梦的家庭,可是上面提到的那些想法桑切斯·马萨斯都同样拥有,所以他放弃了文学,转而义无反顾地投身到了政治旋涡之中。这并没有阻碍桑切斯·马萨斯和何塞·安东尼奥一起参加马德里那些最有名的沙龙活动,也没有阻碍他支持那些古怪而有名的绅士宴会,如"查理大帝的晚宴",在巴黎酒店每月举办一次,用来纪念君主制,更加可以给达官贵族以高人一等的态度抵制粗野的民主共和制度提供舞台,在酒店之外,民主共和制度已经逐渐掌握了这个国家。不过何塞·安东尼奥和他身边永恒的追随者、未来的诗人士兵最热衷的还是在阿尔卡拉街上的里昂咖啡馆底层一个叫"快乐鲸鱼"的地方举行的众多会谈,他们在那里热烈地讨论政治和文学问题,而且总是会讨论到很晚,尽管参加会谈的还有很多左翼青年作家,但是会谈的气氛总是出人意料地和

---

① 奥斯瓦尔德·施本格勒(1880—1936),德国唯心主义哲学家。

谐,大家喝着啤酒聊着天,阐述着忧虑,讲着笑话,有时还会咒骂几句,但都是不带攻击性的。

战争的爆发将把这种柔和虚幻的敌意变成真正的敌意,三十年代在政治领域出现的种种动荡已经说明许多人有着迫切的寻求改变的意愿。几个月前、几周前甚至几天前还能边喝咖啡边畅谈、在剧院门口或共同的朋友家中聊天的人,如今突然就变成了不同阵营中的仇敌,他们在巷道中厮打、射击,哪怕看到血流遍地也在所不惜。实际上暴力的源头植根于过去,尽管党内的一些领导人也组织了一些受害者抗议活动,却也只是为了做做样子,其实长枪党所希望的就是通过暴力来使共和国变得让人难以忍受,使用暴力也符合长枪党的一贯宗旨,就和其他所有法西斯政党一样,它篡改了列宁关于革命的思想,它提倡由一小撮强人领导,通过武装斗争的方式夺取政权,这和施本格勒那一小队士兵的理论不谋而合。和何塞·安东尼奥一样,桑切斯·马萨斯也属于长枪党中不过度推崇暴力的人,无论是理论上还是行动上都是如此(在实践中却不得不面对暴力问题,作为乔治·索雷尔①的忠实读者,他的著作总是左右着桑切斯·马萨斯对暴力的态度);因此在1934年2月,在何塞·安东尼奥的要求下,桑切斯·马萨斯撰写了《为长枪党亡者而作》一文来缓和党员因在街头冲突中被杀的学生马蒂亚斯·蒙特罗而产生的强烈复仇情绪,在文中他说道:"相比那些不明不白的胜利,英勇又绅士的我们更希望迎来一场惨败,因为敌人每一次攻击都显得愈发丑

---

① 乔治·索雷尔(1847—1922),法国哲学家、工团主义革命派理论家。

陋怯懦,相衬之下我们的行动就显得更加勇敢无畏了,我们在道德层面是远胜过他们的。"时间证明那些华丽的言辞只不过是一种修辞罢了。1935年6月16日,在格雷多斯酒店召开的会议上,长枪党政治委员会认为靠投票选举的方式长枪党永远无法取得执政权,甚至连其作为政党的存在都会受到威胁,因为共和国始终视其为眼中钉肉中刺,因此委员会决定要以武装起义的方式夺取政权。在那次会议结束后的一年时间里,长枪党组织的阴谋活动一刻未停,从那些行动中透出的是担心、害怕、顾忌和犹疑,可以视作长枪党人对自己能否取得胜利还没有把握,也可以看出他们对支持暴力起义的军方和最保守的社会阶层将联合起来攫取胜利果实心怀惧意。直到1936年3月14日,在同年2月的选举中落败后,当局查封了长枪党位于尼卡西奥·加列戈街上的总部,拘捕了长枪党政治委员会成员,无限期封杀该党,这使得长枪党失去了最后的理智。

从那时起桑切斯·马萨斯的行踪就成了谜。他在那场斗争前几个月乃至斗争持续的三年中的所作所为只能通过零散的证据来加以揣测,我所说的零散证据包括关于那个时期的回忆录或是文件,又或是和他有过共同经历之人的证词,再就是家人和朋友的回忆,也能通过充满了错误、矛盾与含糊之处的编织的历史来揣测——关于桑切斯·马萨斯在他人生的那段混乱时期的众说纷纭的看法似乎是不可避免的了。因此我接下来的记录也许并非是真实发生的情况,而只是我认为最可信的情况;它们不是如实记录,而是合理推测。

接下来发生的事情可能是这样的：

1936年3月，桑切斯·马萨斯和他政治委员会的其他同伴一起被关在马德里莫德罗监狱期间，他的第四个孩子马克西莫出生了，时任监狱长的维多利亚·肯特向桑切斯·马萨斯颁发了为期三天的探亲许可，允许他回家探望自己的妻子，这是被当时的法律所许可的，不过前提是他不得离开马德里，并且要在时限到达后返回监狱。桑切斯·马萨斯接受了这些条款，但是根据他另一个孩子拉斐尔所言，监狱看守在他离开监狱前把他叫去了办公室，对他说这其中有诈，所以建议他"最好还是别回来了，而监狱也绝对不会耗费大量人力物力去追捕他"。考虑到桑切斯·马萨斯后来的奇怪举动，这一描述的真实性似乎已经不容置疑了，或者我们姑且认为它是真的好了。不过桑切斯·马萨斯确实忘记了他在自己撰写的文章中所表现出的那种勇敢无畏和英雄主义，他没有履行自己的诺言，而是逃去了葡萄牙，可是何塞·安东尼奥却把好友及代理人的话当真了，他认为逃亡的行为不仅损害了桑切斯·马萨斯的形象，也对整个长枪党的形象是一次巨大的伤害，因此他从阿利坎特监狱下令让桑切斯·马萨斯回到马德里——他是在6月5日夜间到6日与他的兄弟米格尔一起被转移到阿利坎特监狱的。桑切斯·马萨斯服从了命令，可是还没等到他回莫德罗监狱自首，起义就爆发了。

接下来的一段日子则更显混乱了。大约三年后，被桑切斯·马萨斯称为"在使用人类文字服务我们长枪党方面我最好的伙伴"的欧亨尼奥·蒙特斯在布尔戈斯把桑切斯·马萨斯在内战爆发的7月18日后的几段旅程描述为"忙于躲躲藏藏的冒险,红色警察在他身后步步紧逼"。这句话很有虚构色彩,也没提供什么重点信息,但可能实际情况就是那样。起义在马德里成功了。厮杀过后的营房和下水沟里到处都是死人。合法政府对局势失去了控制,空气中弥漫的是交织着恐惧和兴奋的古怪气息。家中遭到登记检查,街头又处于民兵的控制之中。9月初的一个夜晚,也许是无法再忍受逃亡的不安或是预感到了危险的迫近,再或者是在长期冒着极大风险给他提供庇护的熟人或朋友的催促下,桑切斯·马萨斯决定从藏身之处走出来,逃离马德里,逃去己方掌控的区域。

可以预料到他难以成功逃走。第二天,桑切斯·马萨斯刚一走上街头就被逮捕了;巡逻队要求他提供身份证明。怀揣着恐惧又无奈的心情走到街上的桑切斯·马萨斯有点迷路了,他只想默默逃离那样的现实,在那迷茫的几秒钟里他看了看四周,虽说还不到九点钟,可是蒙特拉街上的店铺都已经开了门,匆忙又喧闹的人群在人行道上川流不息,高挂的太阳在宣告着那是一个令人窒息的夏日上午,而那种窒息感似乎永远也不会消散。就在那时他吸引了三个武装民兵的注意,他们当时在一辆载满西班牙工会组织民兵的卡车上,那些民兵一个个荷枪实弹,像战时那样大声喊叫着,那辆车是要开赴瓜达拉马村冲突前线的,车身上涂写着许多人名或名字的首字母,里面就有刚刚被任命为拉尔戈·卡瓦耶罗新政府海军及空军司令的印达莱西奥·普列托的名字。于是桑切斯·马萨斯在绝望中心生一计:他对民兵说自己无法提供身份证明,因为他直接听命于新任海军及空军司令,而此时他正在马德里执行绝密任务,他要求民兵让他和印达莱西奥·普列托取得联系。将信将疑的民兵把他带去了安全指挥总部来核实他那不可思议的要求的真实性;在那里,经过一番艰苦的谈判后,桑切斯·马萨斯终于和普列托通了电话。普列托很在意他目前的处境,并建议他前往智利大使馆寻求庇护,并且真诚地祝他好运;最后,由于两人曾于非洲结下了深厚的友谊,普列托命令民兵立刻释放桑切斯·马萨斯。

桑切斯·马萨斯在同一天来到了智利大使馆,并在那里度过了将近一年半的时间。如今还保留下来了一张他在那段时期的照片:桑切斯·马萨斯坐在众多避难者的中间位置,避难者中还包括长枪党作家萨穆埃尔·罗斯;照片里一共有八个人,大都衣衫破烂、不修边幅,不过所有人的脸上都挂着某种期待的表情。桑切斯·马萨斯穿了件可能是白色的衣服,还是犹太人的外貌,额头宽大,戴着他的近视眼镜,他的胳膊肘优雅地撑在桌子上,面前只放着一个空水杯、一点面包、几张纸、几个文件夹和一口小锅。他正在读着什么,其他人则在听他朗读。他读的是《罗莎·克鲁格》的片段,那是他在那段时期写的或者是开始动笔写的一本小说,写小说能缓解他的苦闷心情,也能分散一下难友的注意力,那本未完成的小说在五十年后,也就是桑切斯·马萨斯本人去世很久之后才最终得到出版。毫无疑问那是他最好的小说,确实是一本不错的小说,而且还有点奇特,透着浓浓的拜占庭风格,没有明确的时代背景,作者有着如前拉斐尔派画家一般的喜好和敏感,有着欧洲统一主义信仰,但骨子里却是个爱国派和保守派,小说里充满了精妙幻想、异域冒险和忧郁感伤,这些都被作者用干脆准确的散文式书写串联了起来,故事主要讲述了主人公内心两种原则间的斗争,根据作者本人所言,那两种原则统治着整个宇宙:一面是魔鬼,一面是天使,天使一方的最终胜利造就了一位天使般姑娘的现身,她的名字是罗莎·克鲁格。令人惊讶的是,桑切斯·马萨斯能完全置身于使馆当时龙蛇混杂的状态之外来创作小说,不过这种置身事外绝不意味着两耳不闻窗外事,只不过战争带来的悲剧已经够多了,似乎没有必要再往上面添加更多悲剧故事了。除此之外,阅读桑切斯·马萨斯作品的读者经常会因为他文章中的长枪党思想和文学作品中不问政治的态度之间的矛盾而感到困惑,实际上这个问题很容易解答,我们只需要把它理解为同一事物的不同表达即可:对于如天堂般不可能存在的、虚构的世界的追求,旧制度中既定的等级秩序已经被历史的车轮碾过,一去不复返了。

随着时间的推移,战争带来的流血和绝望愈演愈烈,位于共和国统治下的马德里各国大使馆尽管依然收容着避难者,可是这种状况已经越来越难以维持了,使馆每天都面临着遭到攻击的风险,因此只要有逃离的机会,避难者就会铤而走险尝试逃往更安全的地区,他们已经无法再忍受躲藏和等待带来的焦虑和不安全感了。萨穆埃尔·罗斯也是其中一员,他在1937年年中到达智利,一年后才回到了西班牙的佛朗哥阵营统治区。受到罗斯成功经验的激励,桑切斯·马萨斯也在1937年秋天的某个时刻尝试逃出马德里。他得到了一个妓女和一个同情长枪党的年轻人的帮助,这位年轻人的家人认识桑切斯·马萨斯,而且家里开了一家运输公司。桑切斯·马萨斯的计划是跑到巴塞罗那去,到达巴塞罗那后就在党内同志的帮助下和中间人取得联系,偷偷穿越国境线跑到法国去。他立刻就实施了计划,在几天中,桑切斯·马萨斯换了好几辆卡车藏身,行进路线都是一些小路,他就躲在卡车载着的几乎腐烂了的蔬菜里,在这六百公里的路途中那个妓女和长枪党小伙子一直陪在他身边。他们奇迹般地穿越了所有封锁,腐烂蔬菜的味道让他们想起了死亡,一路上他们只是由于轮胎爆胎耽搁了一点时间,不过最后还是平安抵达了目的地。三个人在巴塞罗那分了手,和预想的一样,JMB的一位律师接应了桑切斯·马萨斯——JMB是分散在巴塞罗那的众多长枪党小团体中的一个。在让他休息了几天后,JMB的成员请求他接管团体,利用他长枪党第四号首脑的身份团结分散的地下组织,让它们遵守纪律,共同进行起义活动。可能因为桑切斯·马萨斯当时想的唯一一件事情就是逃离红色区域,跑到本方阵营掌控的地区,又或者是觉得自己无力承担那种领导职责,因此那个提议让他有些吃惊,他拒绝了,表示自己对巴塞罗那的以及当地各长枪党团体的情况毫不了解,但是JMB的成员大多是毫无政治经验的年轻人,他们把桑切斯·马萨斯的到来看作上天的恩赐,所以他们一再坚持自己的提议,桑切斯·马萨斯无奈只得同意了他们的请求。

在接下来的日子里桑切斯·马萨斯会见了数位其他地下组织的代表,某日早晨,他在前往由一位认同长枪党政治思想的人经营的名为伊比利亚的酒吧途中被军事情报局的特工逮捕了。那一天应该是1937年11月29日;接下来我要讲述的几个版本可能会有些许差异。有人坚持说,桑切斯·马萨斯在埃斯科里亚宫中的玛利亚·克里斯蒂娜皇家高等教育学院上学时的老师伊西多罗·马丁神父向同样是他学生的曼努埃尔·阿萨尼亚替桑切斯·马萨斯求了情,但是没有奏效。胡里安·苏加萨戈伊蒂亚,也就是在内战刚结束时桑切斯·马萨斯没能从行刑队手中救出的那位好友,坚称他曾向内格林首相提议用记者费德里科·安古洛来交换桑切斯·马萨斯,而阿萨尼亚则暗示他可以拿马萨斯写的那些宣言手稿来交换,那些手稿都掌握在叛乱分子手中。还有一种说法是,桑切斯·马萨斯压根就没到达巴塞罗那,因为他在智利大使馆避难之后又逃去了波兰大使馆,说他是在波兰大使馆被抓的,而且阿索林还帮了忙使他免遭处决。甚至还有人坚称桑切斯·马萨斯在战时成了交易砝码。最后这两种说法都是错误的,有充足的证据显示前两种说法比较符合事实。不管怎么说,事实是,在被军事情报局逮捕后,桑切斯·马萨斯被押到了"乌拉圭"号轮船上,那艘船当时停靠在巴塞罗那港,从许久之前就被用作可移动监狱了。后来桑切斯·马萨斯又和其他数位叛乱分子一起被送上了审判席,他们说他是巴塞罗那地下党的最高领导人,那其实并非事实,说他煽动叛乱倒是有几分道理。不过和其他大多数被审判者不同,桑切斯·马萨斯并没有被判处极刑。这种情况着实有些奇怪,我们只能理解为是印达莱西奥·普列托又一次在其中进行了斡旋。

审判结束后,桑切斯·马萨斯又被带回到"乌拉圭"号上,在船内的某个牢房中度过了接下来几个月的时光。那里的生活条件并不好:食物短缺,再加上被粗野对待。那里也接收不到太多关于战争情况的消息,尽管如此,"乌拉圭"号上的囚犯们还是能感觉到离佛朗哥大获全胜已经为时不远了。

1939年1月24日,也就是亚古尔①的军队进入巴塞罗那之前两天,流言已经传到监狱里了,狱卒们的紧张情绪就挂在脸上。有那么一会儿桑切斯·马萨斯觉得他们要释放自己了,但紧接着他又感觉他们会把自己处决掉。整个上午就在这两种焦虑感的交替之中过去了。接近下午三点的时候,一位军事情报局的特工命令他走出牢房、走下船、上了一辆停在码头的大车,已经有另外十四个来自"乌拉圭"号和巴伊马赫尔的秘密警察机构的囚犯等在车里了,另外还有十七名军事情报局特工负责押运这批犯人。这批囚犯之中有两名女囚:萨维娜·冈萨雷斯·德卡兰塞哈和胡安娜·阿帕里西奥·佩雷斯·德尔布尔加;何塞·玛利亚·波布拉多尔也在其中,他是国家工团主义奋进会的领导人,也在1936年7月武装起义中扮演了重要角色;另外囚犯中还有赫苏斯·帕斯夸尔·阿吉拉尔——巴塞罗那地下组织负责人之一。当时没人能想到,一周之后所有当时被送到车上的囚犯里只有桑切斯·马萨斯、帕斯夸尔和波布拉多尔活了下来。

汽车静静地穿过巴塞罗那,城中笼罩着战败的阴云,破烂的窗户和水泥阳台使得此地恍如鬼城,宽阔的大道尘土飞扬,到处都是流浪者的临时住宿营地,流浪者们饿狼般晃荡在人行道上,准备着逃亡,他们用破旧的大衣抵御着寒冷的风,也在和悲惨的命运进行着抗争。汽车驶出巴塞罗那后走的恰好是逃亡者必走的公路,那种景象和世界末日没什么两样:数不清的惊恐万分的男人、女人、老人、小孩,士兵和平民混杂在一

---

① 胡安·亚古尔(1891—1952),西班牙军官、长枪党人。

起,背着衣服、床垫和家居用品,作为战败者的人们在艰难地前行,也有的人正在爬上卡车,道路上满是绝望的骡子和废弃的汽车,沟渠中则尽是内脏暴露在外的动物尸体。汽车以极其缓慢的速度前进着,还会时不时地停下来;有时车下的人还会往车里望去,他们的眼神中夹杂着恐惧、憎恨和疲惫,但更多的是嫉妒,他们嫉妒这些裹着大衣舒适地坐在车里的人,却没有意识到这些人正在走向死亡;有时还会有人辱骂车里的人;还有时敌军军机会在上空飞过,进行一番射击或是直接投一颗炸弹下来,这时逃难的人群就会惊恐地骚动起来,却又给车中的囚犯带去了一点希望,他们想着或许可以利用军机引起的骚动逃下车去,但是军事情报局特工们的严密监视又会立刻打消他们的这种念头。

当汽车穿过赫罗纳来到巴尼奥莱斯的时候天已经完全黑下来了。后来汽车又开进了一条陡峭的土路,在阴暗的树林中蜿蜒前行,没开多久就停在了一个发出光亮的石砌建筑前,这时的汽车就像是遭遇海难的大帆船,被狱警急促的命令织就的黑夜完全吞没了。那里就是科耶里的圣塔玛利亚修道院。桑切斯·马萨斯将在那里和其他两千名从共和派掌控地区押送过来的囚犯一起被关押五天,其中还包括一些逃兵和外国军人。内战爆发前这座修道院曾经是修士们给中学生授课的地方,里面有顶部极高的教室,透过巨大的窗户可以望见庭院的土地,花园里还有大石柱,连廊很深,石阶旁还有木制扶手;如今这座修道院却变成了监狱,教室成了囚室,在庭院中、连廊里、石阶上再也听不到寄宿生的喧闹声了,取而代之的是囚犯们绝望的脚步声。监狱长是个叫蒙罗伊的人,和用铁腕政策管理"乌拉圭"号囚船的是同一人；不过在科耶里，监狱管理制度没有那么苛刻：跟送饭的人或是在往返厕所的路上偶然碰到的人讲话是允许的；食物依然短缺，质量也很差，可是有时候某个牢房里会有人偷偷搞到一点香烟，于是大家就会一起把它抽掉。桑切斯·马萨斯的囚室位于这家古老修道院的最顶层，很宽敞，光线也好；除了他和几个操着没人能懂的语言的外国囚犯之外，里面还关着医生费尔南多·德马里蒙、船长加夫列尔·马丁·莫利托、古尤神父、赫苏斯·帕斯夸尔和何塞·玛利亚·波布拉多尔，此时的波布拉多尔双腿患病流脓，已经几乎不能下地走路了。入狱后的第二天那几个外国囚犯就被释放了，他们的位置被几个在特鲁埃尔和贝尔奇特抓住的政治犯顶替了，于是囚室就满了。他们时不时地会被允许到庭院或花园里透透气，没有军事情报局的特工或是看守士兵监视他们（不过有一些在修道院周围巡逻）。负责看管他们的狱卒和他们一样营养不良、衣衫褴褛，狱卒之间有时会互相打趣，有时又会一边无聊地踩踏院子里的石块一边低声哼唱流行歌曲，或是冷漠地看着囚犯。在禁闭和没有活动的时候大家就会进行秘密讨论：他们离前线很近，而且像桑切斯·马萨斯这样的首脑人物也被关了进来，这让许多人燃起了希望，他们觉得自己可能很快就会被作为交换而释放出去，但是这种猜测随着时间的推移而淡化了；那些共处时光也加深了囚犯之间的感情联系。就像是神奇地预见到了帕斯夸尔将成为幸存者中的一员并且在多年之后会是那批囚犯中唯一一个用笔记录下那满是恐惧的几个小时的人，桑切斯·马萨斯和他的关系尤其亲密，而在此之前桑切斯·

马萨斯只是听说过帕斯夸尔,或者最多就是读过他在《FE.》上写的文章。桑切斯·马萨斯对帕斯夸尔讲述了自己在战争爆发后的曲折经历:他提到了莫德罗监狱,提到了他的儿子马克西莫的诞生,提到了起义爆发后自己经历的游荡时光,提到了印达莱西奥·普列托,提到了智利大使馆,提到了萨穆埃尔·罗斯和《罗莎·克鲁格》,提到了他在一个年轻人和妓女的陪伴下藏身在卡车中从敌占区逃亡出来的经过,提到了巴塞罗那,提到了JMB,提到了地下组织,提到了对他的抓捕和审讯,也提到了"乌拉圭"号囚船。

29日黄昏时分,桑切斯·马萨斯、帕斯夸尔和牢房里的其他狱友一起被带到了修道院的屋顶平台,他们还是第一次来到那个地方,其他囚犯也被带了过去,一共是五百人,可能实际人数还要再多一点。帕斯夸尔认识其中的一些人,例如佩德罗·波什·拉布鲁斯,也就是波什·拉布鲁斯子爵,还有空军上校埃米利奥·莱乌科纳,但是他们几乎没机会说上话,因为一个狱卒很快就命令他们保持安静,然后开始念一份名单。囚犯心中又重新生出了被释放的希望,当听到有熟人的名字被念到时帕斯夸尔很希望自己的名字也能出现在那份名单中,可是当狱卒在念到桑切斯·马萨斯的名字后不久又念到了波什·拉布鲁斯的名字,此刻他的想法变了,他后悔自己有刚才那种想法了。一共有二十五个人被点了名,桑切斯·马萨斯和帕斯夸尔的牢房里除了费尔南多·德马里蒙之外的其他人都被点了名,然后被带到了一层的牢房里,里面除了几张靠在破裂墙边的桌子之外就只有一个用粉笔写满爱国行动日期的黑板。牢门在他们身后关闭了,牢房陷入静谧,不过很快就有人开口说话了,他说可能他们很快就会被释放了,大家讨论着重获自由的事情,以此来缓解一些人焦躁的心情,但是这种讨论很快就变成了一致的悲观主义。坐在牢房尽头的桌前,面对着晚饭,古尤神父和其他几个囚犯一起做着祷告,后来更是组织了一场圣餐仪式。那天晚上没人能睡着:从窗外射入的灯光照在灰色的石头上,映得每个人的脸都像尸体的面孔(尽管后来光亮渐渐消失,黑暗笼罩了牢房),囚犯们聆听着走廊上传来的响声,或是通过回忆或谈话来缓解内心的焦虑。桑切斯·马萨斯和帕斯夸尔坐在地上,背靠着冰冷的石墙,腿上盖了条聊胜于无的毯子;两个人都不记得在那个极其短暂的夜晚他们具体聊了些什么,但是却记得周围那无尽的静寂,也记得同伴们窃窃私语的声响和咳嗽声,雨落了下来,那是一场持续的漠然的雨,也是一场冰冷又阴暗的雨,雨水打在庭院的地面上、花园的石柱上,在1月30日清晨的微光逐渐驱散黑夜、从窗户射入牢房的时候,雨似乎依然在下,晨光如同预兆一般被染上了病态的白色,就像狱卒前来下令他们离开牢房时囚犯的心情一样。

那一晚无人入眠,就好像大家都在等待那一刻到来一样,由于大家都希望早点揭开谜底,所有人都顺从地走出了牢房,他们在庭院里和另一队情况与他们类似的囚犯集合在了一起,现在一共有大约五十名犯人了。他们沉默而又顺从地等了几分钟,细雨绵绵,空中飘满乌云,最后出现了一个年轻人,桑切斯·马萨斯隐约认出那人就是"乌拉圭"号囚船的监狱长。他说他们要到巴尼奥莱斯帮忙建造空军基地,还下令让他们五人一行排成十列纵队;桑切斯·马萨斯按照命令站到了右侧第二列队伍的排头,他感觉自己的心都要从嗓子眼里跳出来了,他很清楚所谓的修建空军基地只是一个幌子,佛朗哥的军队已经兵临城下了,最后的总攻马上就要开始了,现在这种时候哪里还会需要建造空军基地啊。他走在队伍前面,颤抖着,感到自己快要疯了,他已经没有办法冷静地进行思考了,只是荒谬地想从公路周边士兵们毫无表情的脸上揣测到底里面隐藏的是死亡的信号还是生存的希望,他试图说服自己那不是通向死亡的旅程,但这种尝试只不过是徒劳。在他身旁或是他身后,有个人想说些什么,但是他没听清或是没听明白,因为他每迈出一步都倾注了自己全部的力量,好像每一步都会成为他人生中的最后一步;在他身旁或是他身后,双腿染疾的何塞·玛利亚·波布拉多尔摔倒在了水坑中,他被两个士兵救了下来,并被带回了修道院。大部队在离波布拉多尔摔倒处大约一百五十米远的地方向左拐去,离开了公路,沿着分岔出来的一条向上的土路进了树林,来到了一个四周被高大松树环绕着的空地上。从林中传来一个军人的声音,让他们停下来,然后向左转。恐惧的情绪在队伍中蔓延,众人如失魂落魄般机械地停下了脚步;几乎所有人都向左转过身来,但是恐惧使得一些人犯了迷糊,向右转过身去,其中包括加夫列尔·马丁·莫利托船长。那一瞬间似乎被延伸成了无限,就在那时桑切斯·马萨斯觉得自己就要死了。他想着将要杀死他的子弹就在他身后,也就是那个声音传来的方向,不过子弹要射入他的身体,必须要先射穿他身后站着的三个人。他又想着自己不会死,想着自己能够逃走。他认为不能往身后的方向逃,因为枪决队就在那边;不能向左跑,因为那样会跑回公路,而公路上都是士兵;也不能向前跑,因为他的前面还有九个吓坏了的人。但是(他想着)他可以向右跑,那个方向的六七米之外就是茂密的松树林,很适合隐匿身形。"往右跑。"他心想。然后又想着:"要么现在,要么就永远都逃不掉了。"就在那时队伍后方传来了枪响,那恰恰是军人下命令的声音传来的方向,囚犯们为了保护自己都下意识地趴在了地上。此时桑切斯·马萨斯已经跑到了林边,钻进了松树林中,任由树枝抽打着自己的脸,耳边传来的是机枪无情的扫射声,他被什么东西绊倒了,在泥地里和潮湿的落叶中滚了几圈,沿着山涧滚了下去,一直滚到了一个水潭中,还有条小溪从水潭向外流去。他认为追击者肯定会认为他会努力跑远,所以他决定就藏身在附近,那时他离那片平地并不远,他气喘吁吁地缩着身子,心脏就像要从嗓子眼里跳出来了,他尽可能地用树叶、泥土和松树枝遮着身体,听着枪响,他知道那些子弹正打在他那群不幸的同伴身上,再后来他听到了狗叫声和搜索逃离者或逃离者们(因为当时桑切斯·马萨斯并不知道在看到他动身逃跑的举动后,帕斯夸尔也成功地从屠杀中逃了出来)的士兵的喊叫声。他不知道时间过去了多久,是几分钟还是几小时,为了隐蔽得更好,他不停地挖泥往身上抹,挖得指甲都渗出了血,他想到持续的降雨使得军犬嗅不到他的味道了,他继续听着喊叫声、狗叫声和射击声,一直到他突然感觉有什么东西在自己的身后移动,他急忙转过身去。

他看到了他。那人就站在不远处,挺高,有点胖,他的身后是深绿色的松树,头顶是深蓝色的天空,他有点气喘吁吁,粗大的手里握着带尖刺的步枪,穿着有些破旧的带有许多搭扣的军服。桑切斯·马萨斯泄了气,他知道自己的最后时刻已经到来,他透过被水打湿的近视眼镜望着那个将要杀死他或者把他押送回去的士兵:一个年轻小伙子,头发被雨水打湿了,紧贴在头皮上,眼睛可能是灰色的,腮部下凹,颧骨突出。他记得或者他认为自己记得他是那群在修道院里看管他们的衣衫褴褛的士兵中的一个。他认出了他,或者他认为自己认出了他,但是来人是狱卒而非军事情报局特工的事实并没有使他感到丝毫轻松,在那些年的逃亡岁月中他经受了太多的侮辱,可是那时的他却依然生出了极大的羞辱感,他后悔自己没有和狱友死在一起,后悔自己没死在那片空地上、没死在一个艳阳天里,也后悔自己没有生出自己从来就没有过的勇气来进行殊死搏斗,而如今的自己浑身沾满泥土、孤身一人,在水潭边的泥坑中毫无尊严地因为恐惧而颤抖着。就在这种迷茫又癫狂的状态中,桑切斯·马萨斯,这位出色的诗人、法西斯理论家、未来的佛朗哥政府不管部长,等待着来人结果自己的性命。但是那人并没有动手,桑切斯·马萨斯就好像是已经死去了,然后又在死亡的状态下回想起一场梦境一般,他不安地望着那个男人在雨中慢慢地走过来,听着其他士兵和狱卒发出的声音,实际上只是几个脚步声,那人手中的步枪对着桑切斯·马萨斯,动作并不老练,就像是一个新手猎人在准备杀死他的第一个猎物。就在他往桑切斯·马萨斯藏身之处移动的时候,从雨中传来了一句问话,听声音发问的人离他们并不远:

"那边有人吗?"

那个士兵正望着他。桑切斯·马萨斯也在望着那个士兵,但是他无法理解他所看到的一切:在被雨水打湿的头发和宽大的额头及沾着雨滴的眉毛下方的双眼中,既没有表现出同情也没有表现出憎恨,更没有轻蔑,而是某种隐秘又无法解释的喜悦,那种喜悦和残忍相近,无法用理智或直觉去解释,其中隐含着某种盲目的顽固,就像是鲜血顽固地在血管中流动、地球顽固地在轨道上运转、所有生物都顽固地遵循着他们的本性一样,言语在它面前只能绕路而走,就像是溪水绕过岩石一般,话语是人类自娱自乐的产物,它只能表达可以描述的事物,也就是说,它可以表达所有事情,但就是说不清楚是什么在支配着我们,是什么支撑着我们活下去,是什么在影响我们,它也说不清楚我们究竟是什么样的人,或者说那个战败一方的无名士兵究竟是什么样的人,他依旧没有移开眼神,依旧望着眼前这个身体和泥土与污水几乎混为一体的男人,同时用力喊了一声:

"这儿没有人!"

然后他转过身去,走了。

正值1939年寒冬,桑切斯·马萨斯在巴尼奥莱斯地区连续游荡了九个日夜,他试图穿过节节败退的共和国军队的封锁线,跑到佛朗哥军队统治区。有很多次他都觉得自己撑不下去了;孤身一人,没有任何求生的资源,在这片陌生的密林区域连方向都辨别不了。长途跋涉、寒冷、饥饿和三年来不间断的囚禁生活使他日渐虚弱,他多次强打精神,迫使自己不被沮丧击垮。最初三天的行进是很可怕的。他白天睡觉,晚上赶路,要避开公路和城镇,只是在一些农庄里乞求点食物和借宿之地，他从来都没在任何一个地方暴露过自己的真实身份，只说自己是迷路的共和国士兵，几乎所有他求过的人都会给他点吃的，给他地方让他休息一会儿，还会不发问地给他指路，尽管如此，恐惧还是使他不敢寻求任何人的长时间庇护。第四天早晨，在漆黑的树林中游荡了三个小时之后，桑切斯·马萨斯看到远处有一个农庄。比起理性决策，更多的是由于纯粹的疲惫，他躺在一地松针之上，一动不动，他闭着眼睛，只能听到自己的呼吸声，闻到浸着露水的土地的香气。从前一天早上起他就再也没吃过东西，他已经筋疲力尽了，他觉得自己生病了，因为身上的每一块肌肉都在疼痛。到那时为止，从行刑队枪口下逃生的奇迹和遇见佛朗哥军队的希望一直在支撑着他，让他重拾了他以为自己已经失去的毅力；可就在那时他明白自己的能量已经快要耗尽了，除非发生另一个奇迹，也就是有人来帮助他，不然的话他的冒险很快就要画上句号了。过了一会儿，他感到自己恢复了一点体力，太阳光洒在他的额头上，这让他又有了点乐观的态度，他努力站起身子，向农庄走去。

玛利亚·费雷永远也不会忘记她第一次遇见拉斐尔·桑切斯·马萨斯的那个阳光明媚的2月清晨。她的父母正在地里干活，她则正要去喂牛，就在此时一个男人出现在院子里，他高高的，瘦得像鬼一样，戴着已经有些弯曲变形的眼镜，胡子有好几天没刮了，衣服和裤子上都是破洞，身上沾满了脏泥和野草。他请求给他点面包吃。玛利亚并没有感到害怕。那时她刚满二十六岁，皮肤微黑，不识字，很能干活，对她而言战争只不过是在前线的兄长寄回家的信件中提到的模糊不清的传言,同时也是吞噬了一个生活在帕罗尔德雷巴迪特的年轻人生命的旋涡,她曾经还梦想过和那个年轻人结婚。那段时期她和她的家人既没有忍受饥饿也没有感到恐惧,因为农庄周围的田地状况很好,他们饲养的猪、牛、鸡甚至还有多余的可供他们食用,而且尽管他们家所处的伯雷尔农庄位于帕罗尔德雷巴迪特和科内利亚德特里中间,战争的硝烟却并没有蔓延到这里,只是在共和军慌乱撤退的过程中偶尔会有几个没带武器的迷路士兵来要点吃的东西或是抢走一只鸡,但是比起威胁来,那恐怕更多的是出于惊恐而做出的举动。很可能在一开始玛利亚·费雷只是把桑切斯·马萨斯当成了又一个逃兵,因为那些天在农庄周围出现了很多逃兵,因此她并没有被吓到。不过她一直坚持说她一看到那个穿过院子走过来的可怜男人,就认定虽然此人在经受折磨后显得十分狼狈,但应该是个不一般的人物。不管这话是真是假,玛利亚当时还是像帮助其他落难者一样帮助了桑切斯·马萨斯。

"我没有面包,"她对他说道,"但是我可以给您准备点热的食物。"

桑切斯·马萨斯十分感激她的善意,随着她一直走进了厨房,当玛利亚热前一天晚上的剩饭时(棕色的肉汤里漂浮着扁豆和质量不错的培根、香肠、土豆和蔬菜),桑切斯·马萨斯坐在板凳上,享受着炉火的热度,期待着即将享用的热食。他脱掉了外套、鞋子和湿透了的袜子,此时他才感到双脚无比疼痛,整个身子都虚脱了。玛利亚给了他一块干净的布和一双木底鞋。她用余光瞅见他擦了脖子、脸、头发,双脚和脚踝也擦了,边擦还边用坚定但呆滞的目光注视着炉火。她把饭给了他,饿了好几天的桑切斯·马萨斯狼吞虎咽地吃着,不过吃的时候并没有发出大声响,他像是面对着银色桌布和银质餐具的绅士一般保持着优雅的姿态,那更多是良好的教养使然,而非因恐惧而生成的谨慎小心在作怪,当玛利亚的父母走进厨房时,桑切斯·马萨斯立刻站起身来,并把勺子和合金制成的盘子放在了炉火边,两人冷淡而又疑惑地盯着他。玛利亚可能以为这位来客不懂加泰罗尼亚语——其实她搞错了,她用加泰罗尼亚语把发生的事情告诉了她的父亲;父亲让桑切斯·马萨斯把饭吃完,说话的时候也在看着他,随后父亲放下了农具,在水池里洗了手,然后走到了炉火旁。他正想收拾盘子,桑切斯·马萨斯却抢先收拾好了;他填饱了肚子,整个人的状态都好了:他明白如果自己不把真实身份说出来的话,这家人是不会给他提供藏身之处的,他也明白冒理论上存在的被揭发的风险总比实实在在被饿死或冻死要好。

"我叫拉斐尔·桑切斯·马萨斯,我是西班牙长枪党最早的领导人。"他终于对那个没有看他却在听他说话的男人说出了实情。

六十年后,玛利亚·费雷的父母和桑切斯·马萨斯都已经辞世了,而玛利亚依然清楚地记得那些话,也许是因为那是她第一次听说长枪党,她还记得接下来桑切斯·马萨斯讲述了他在科耶里经历的不可思议的冒险,讲述了那之后的几天里他的藏匿过程,他就那样一直对着父亲说个不停:

"您明白的,国民军就要到了,这只是时间问题,可能几天后,也可能几个小时后。可是如果政府军把我抓住的话,我就必死无疑了。请相信我，我会好好报答你们的，我不想滥用您的信任，您只需每天给我准备一顿饭，就像您女儿刚才给我吃的那样的饭就可以，再给我一个可以过夜的地方就行，我会永远感激你们的。请考虑一下吧。如果您愿意帮助我的话，我一定会报答的。"

费雷的父亲不需要考虑。他坚持说不能留桑切斯·马萨斯住在家里，因为太冒险了，但是他提出了一个更好的方案：桑切斯·马萨斯白天可以待在树林里，待在卡萨诺瓦农庄——内战开始时就被废弃了——附近的一片草地上，白天也可以在那里过；入夜之后可以睡在离他们家二百米远的暖和的草垛上，他们负责给他提供饮食。桑切斯·马萨斯觉得这个提议很好，他拿着毯子和玛利亚准备的一袋食物，辞别了玛利亚和她的母亲，随着玛利亚的父亲沿着门前土路走去，走过一片种着作物的土地，借着早晨的阳光，从作物顶上向外望去，可以望见巴尼奥莱斯的公路、到处是农庄的谷地和比利牛斯山遥远尖利的轮廓。过了一会儿，在玛利亚·费雷的父亲从远处给桑切斯·马萨斯指了指过夜用的草垛后，两人穿过了一片开阔的、没有耕种过的田地，然后停在了树林边，土路就在那里变成了一条窄窄的小路。男人就对桑切斯·马萨斯说，那条小路的尽头就是卡萨诺瓦农庄，他强调入夜之前桑切斯·马萨斯一定不能回来。桑切斯·马萨斯甚至没来得及再次表达谢意，男人就已经转身向伯雷尔农庄走去了。遵从男人的吩咐，桑切斯·马萨斯穿过一片由山毛榉、栎树和高耸的橡树组成的树林，阳光几乎射不进林中，当小路从山坡上延伸向下时，路边的树木交织在一起，更加茂密了。他走了好一会儿,一个细小的声音似乎在他的耳边响起,让他不要相信费雷一家的话,就在这时他来到了一片空地,那儿就是卡萨诺瓦农庄所在地。那间房屋一共有两层,用石头建成,有一口自流井和一扇大木门;在确认此处确实已经有很长时间无人居住之后,桑切斯·马萨斯生出了对那里进行简单修葺然后住在里面的想法,不过在想了一会儿之后他还是决定按照玛利亚·费雷父亲的建议去寻找附近的那片草地。草地离房子很近,穿过一片多石的土路,那路上还有一条干涸的小溪,周围被杨树环绕着,然后就可以到达草地。他在草地上躺了下来,那里的草很高,蓝天清澈明亮,耀眼的阳光洒了下来,周围是早晨寒冷静谧的空气。骨头酸痛,筋疲力尽,桑切斯·马萨斯闭上了眼睛,这么长时间以来他第一次有了安全感,那几乎可以称得上是幸福感了,他终于和现实达成了和解。他感觉到令人愉悦的光照在他的眼皮上、皮肤上,发现在他的意识不可逆转地滑向睡梦之时,口水已经沿着嘴唇流了出来,就如同是要对那意料之外的松弛状态再添上一笔般,几句桑切斯·马萨斯压根不记得自己曾经读过的诗涌上脑海:

别动
且让清风倾诉
那就是天堂①

几个小时后他在焦虑中醒了过来。太阳高悬在天空的正中央,虽然桑切斯·马萨斯还是感到浑身酸痛,但是睡眠使他又恢复了一些在最近那些绝望日子里丢掉的力量,他还没从

---

① 原文为英语。

玛利亚·费雷给的毯子里爬出来,就听见了众多行进中的摩托车发出的声音,那声响打破了草地中原本宁静的氛围,他终于知道那种焦虑感是从何而来了。那声响一直延伸到草地尽头,桑切斯·马萨斯远远地望见那边有长长的卡车队伍,还有许多共和国士兵,他们正沿着巴尼奥莱斯公路行进。尽管在那之后不久他又遇到过很多次有敌对阵营士兵在附近的危险局面,但只有那天的那次遭遇使他真正感到了危机。他赶忙收起毯子和食物,钻进树林藏了起来。他当天下午就计划着用石头和树枝搭建一个藏身处,但是直到第二天早晨才开始动手搭建,在接下来三天中的大部分时间里他几乎没做什么别的事情。最开始搭建工作让他很忙碌,但是后来很多时间都被他用来躺在地上睡觉了,他需要恢复一些气力,因为他猜想指不定什么时候他就需要用到它,他同时还回想着自己在战争时期冒险经历的每一个细节,还特别花时间去想象被己方解救之后,自己要如何讲述那些经历。从理论上讲解救时刻已经越来越近了,但是不耐烦的情绪又使他觉得那一时刻在渐行渐远。除了玛利亚·费雷和她父亲之外,他几乎没和任何人说过话,就算是和他俩也只是在他们到草垛送饭时才聊上一会儿,有时他们会请他到家里去吃晚饭,他在餐桌上也曾经和两个与费雷家很熟的共和国逃兵聊过,他们吃得很少,在动身前往巴尼奥莱斯前还靠在炉火跟前取暖,他们说当天早晨国民军已经进入赫罗纳了。

接下来的一天一切如常,可再等一天事情就起了变化。和每天早晨一样,桑切斯·马萨斯随着太阳的升起结束了睡眠,他拿起费雷一家从伯雷尔农庄给他送来的一袋食物,向卡萨诺瓦农庄走去;他在穿过小溪河道时被绊倒了。他没受伤,可眼镜却摔坏了。要是在平时,这种事只会使桑切斯·马萨斯略感不快,可如今却着实让他绝望:他有重度近视,少了玻璃镜片的帮助,整个世界对他而言就是一片模糊的污渍。他坐在地上,手里拿着摔坏的眼镜,咒骂着自己的蠢笨,他几乎要被自己气哭了。但他还是平复了心情,爬上河床,和前面几天一样寻找着草地中的藏身处。

就在那时他听到有人命令他站住。他硬生生地停下脚步,下意识地举起双手,他隐约辨识出在大约十五米远的地方,通过绿色树林的映衬,有三个模糊的人影在向他移动,他们好像期待着什么,又像是已经追踪他一阵子了。等到他们走近之后,桑切斯·马萨斯发现那是三个共和国士兵,都很年轻,其中两人举着手枪对准了他,他们看上去和他一样惊恐和紧张,他们衣服破烂,式样也并不相同,这让桑切斯·马萨斯怀疑他们是逃兵,但是他没机会证明自己的猜测,因为那个让他站住的人在接下来的几乎半小时时间里一直在对他进行紧张的盘问,同时也在估量着他的答话。桑切斯·马萨斯感到那次偶然的相遇也许只是命运所设的一场赌局,他决定把全部身家都押下去,于是他承认自己已经在这片树林里游荡六天了,而且自己一直在等着国民军的到来。

这一番自白解除了误会。因为尽管三个士兵的行动才刚刚开始,可实际上他们的目的就是要搞清楚桑切斯·马萨斯的身份。这三人就是菲格拉斯兄弟,也就是佩雷和华金,另一位则是丹尼尔·安赫拉斯。佩雷是三人中最年长的,也是最聪明、最有能力的。尽管年纪再小一些的时候他并没能说服自己的父亲——科内利亚德特里的一位极受当地人尊重的精明商人——让他去巴塞罗那读法律,所以他只能留在当地帮助家人照应大蒜生意。他从小就极为爱好阅读,整天泡在学校图书馆和工人协会的图书馆里,这也使他的眼界及文化水平远高于他周围的人。第二共和国的成立在民众心中激发的热情使得佩雷开始关注政治,不过直到1934年10月他才成了加泰罗尼亚左翼共和党的一员,而1936年夏天军事叛乱爆发时,他刚刚在佩德拉尔贝斯的步兵营开始服兵役。7月19日,他被叫醒的时间要比平常更早,早餐里还稀奇地配了一点白兰地酒,部队通知说当天早晨他们要前往巴塞罗那,因为那里要召开人民奥运会①,可是在中午之前他和他所在支队的其他士兵就被分发了武器和军用物资,在巴塞罗那市中心一条大道上他们遇见了一群无政府主义工人,军队命令他们加入队伍中。那是一个硝烟弥漫的周一,紧接着的整个下午和晚上他们都在街道上战斗,想要终结军事叛乱。在加泰罗尼亚政府胆怯和犹豫的态度的刺激下,接下来几天里的局势日益紧张,后来有着强烈自由主义激情的杜鲁提兵团也加入了进来,还参与了攻占萨拉戈萨的战斗。然而,无论是镇压军事叛乱的胜利还是通过阅读而生起的理想主义激情都没有彻底根除佩雷骨子里的加泰罗尼亚农民天性,很快他就凭直觉感到自己做了错误的选择,他发现只靠一支由充满激情的散兵游勇组成的军队是无法赢得战争的,于是后来他第一时间加

---

① 原计划为抵制1936年柏林奥运会而举办的该奥运会于1936年7月底召开,后因西班牙内战爆发而流产。

入了共和国的正规军。他参与了在马德里大学城和马埃斯特拉斯戈地区发生的战斗，不过在1938年5月初他的腿被一颗流弹击伤，不得不经历了长达数月的恢复期，一开始是在条件简陋的部队医院，后来被转移到了赫罗纳军医院。那段时间正是大撤离时期，整个城市陷入了世界末日般的无序状态，佩雷的母亲到医院找到了他。尽管当时只有二十五岁，可是佩雷·菲格拉斯看上去却异常苍老，虚弱无力，毫无精神，还有轻微梦行症，不过那时他走路已经不瘸了，所以可以和他的母亲一起回到家里。让他惊讶的是在坎皮海姆村迎接他的不仅有他的几个妹妹，甚至还包括他的弟弟华金和丹尼尔·安赫拉斯，同一天早晨有炸弹在赫罗纳的格罗伯工厂爆炸，他们当时正在附近加油，于是利用爆炸带来的混乱和恐惧摆脱了监控，经过老城区逃回了科内利亚德特里。华金和安赫拉斯认识两年了，他们一起被招募入伍时还不到十九岁，在科耶里修道院进行了三个月的军事训练之后，他们作为加里波第旅的成员被派往阿拉贡前线。新兵生活令他们很失望，不过恰恰因为他们是新兵，而且对于真刀真枪的战斗而言他们还太不成熟，所以他们几乎立刻就被派回了后方，首先是去比内法尔，然后是巴塞罗那，再后来是比拉诺瓦伊拉赫尔图，他们在那儿被编入了一个大部分是老弱残兵组成的炮兵营，并在那儿度过了几个月的战争时光，可是当共和国认为埃布罗河区域的战斗将决定战争走向时，甚至连他们也只能带着那些数量极少的老旧大炮奔赴战场，和国民军进行战斗。前线战事节节败退，队伍也终于溃散了：地中海沿岸尽是共和军的残兵败将，他们像无头苍蝇一样向着国境线撤退，他们在德国军机的炮火攻击下连喘息的机会都没有,而且亚古尔、索尔查加和甘巴拉的军队也在不断围拢过来,他们的包围圈就像是没有出口的袋子(唯一的出口可能就是海洋),困着数以百计惊恐的瓮中之鳖。这些溃散的士兵已经失去了政治信仰,全都饥肠辘辘,经历了战败的他们已经厌烦战争了,如今只能饱尝逃亡之苦,他们相信佛朗哥阵营的宣传,认为除了那些双手沾满鲜血的人外,其他人压根没必要惧怕国民军,他们只是会在战后建立新的秩序罢了。华金·菲格拉斯和安赫拉斯那时只想着要保住性命、躲避着癫狂的人群,还准备瞅准时机利用指挥员出现的第一次疏忽逃回家去,等待着国民军的到来。

他们也确实那样做了。不过回到菲格拉斯家的当天下午,他们就发现那幢位于巴尼奥莱斯公路边直冲火车站的房子对逃兵而言绝非一个理想的避难场所。他们被家人不停地问着问题,同时和连制服都没来得及脱的佩雷·菲格拉斯一起填着肚子,就在那时他们听到有摩托车停在坎皮海姆村里的声音。根据华金·菲格拉斯的描述,他们的妈妈察觉到了危险,让他们到楼上去,藏在宽大的双人床下面。他们在那儿听到了敲门声,听见几个陌生的声音在饭厅仓促地交谈着,然后听到了穿着军靴的人上楼梯的声音,那些人走上了楼,进入了房间里。一共是四个人:其中两人等在门口,身上全是土,看上去很狼狈;另外两人年纪稍大,还保持着军人的派头,他们在屋子里走了几步,而菲格拉斯兄弟和安赫拉斯则屏住呼吸躲在床下,后来他们听到有一个温和的声音请求给他们收拾一下过夜用的房间。等到那几个人离开之后,三个逃兵几乎立刻就做出了眼下唯一正确的决定,直觉告诉他们必须快速做出反应，绝不能干蠢事，于是他们立刻从床下钻了出来，谁也没看谁，以最快的速度下了楼，穿过厨房、庭院和公路，由于他们还穿着军装，所以士兵们都误以为他们是自己人。那些士兵有的在房子里，有的在房子周围，都在等待着轮到自己去吃饭、休息、存放装备。他们的未来充满不确定性，但是此刻表现得都还算镇定。

从那天下午起菲格拉斯兄弟和安赫拉斯才真正开始了逃兵生涯。不过毫无疑问他们的经历要比桑切斯·马萨斯轻松得多：他们年轻，身上还有武器，熟悉这片地区，认识附近的很多人；除此之外，共和军第二天一早就离开了坎皮海姆村，于是菲格拉斯兄弟的母亲就开始持续不断地给他们提供足量的食物和御寒的衣物。白天他们在森林中度过，离科内利亚德特里和巴尼奥莱斯公路都不远，他们很关注在公路上行进的军队，晚上他们就睡在卡萨诺瓦农庄附近一个废弃的粮仓中。在桑切斯·马萨斯住（这个动词自然是有些夸张）在卡萨诺瓦农庄附近的三天时间里，他们竟然没有相遇，这看上去着实有些不可思议，毕竟这几天里他们三个人也藏在附近，不过事实就是如此。六十年后，华金·菲格拉斯和丹尼尔·安赫拉斯都还清楚地记得四个人第一次相遇的那个早晨，他们先是听见寂静的树林中传来树枝被踩断的声音，然后就看到了一个瘦高的、像瞎子一样的人影，那人手里还拿着羊皮外套和弯曲的眼镜，在乱石密布的河道中摸索着寻找出路。他们也还记得他们举着手枪让桑切斯·马萨斯站住的场景，也记得在盘问释疑的那几分钟里无论是他们还是桑切斯·马萨斯都试图搞清楚对方的意图。桑切斯·马萨斯在最初的谈话或审问中首先下意识表现出的是放下尊严的恳求态度,不过很快这种态度就变成了家长式的稳重镇定,这种转变与其说是来自他大于三个年轻人的年龄,倒不如说是源自他的智慧和狡猾。三人还没有真正开始深入盘问,桑切斯·马萨斯就自报家门了,他说如果他们能帮助他突破封锁线的话,他愿意好好报答他们。华金·菲格拉斯和丹尼尔·安赫拉斯还共同提到了另一个细节:桑切斯·马萨斯一说出自己的名字,佩雷·菲格拉斯就知道他是谁了。这虽然看上去有些奇怪,不过并非完全难以置信:桑切斯·马萨斯从许多年前开始就是全西班牙都很知名的人物了,既作为作家,也作为政客为国民熟知,虽然佩雷·菲格拉斯除了为共和国战斗之外几乎没离开过他所居住的村子,但很可能他曾经在报纸上见过桑切斯·马萨斯的名字和照片,也可能读过他写的文章。不管怎么说,尽管没有经过正式讨论,但佩雷俨然是三个年轻人中的领导者,他对桑切斯·马萨斯说,他们没办法把他送到封锁线的另一边,但是可以让他和他们三个待在一起,直到国民军抵达这里。心照不宣也好,明确商定也罢,他们之间达成的协议是这样的:三个年轻人利用年龄优势、武器和对这片地区的地势及居民的熟悉程度来保护桑切斯·马萨斯,而他则在战后凭借自己的身份保障他们的安全。这个提议无疑是难以拒绝的,尽管华金一开始反对在如此不安稳的岁月中带着一个半瞎的男人行动,万一他们被共和军抓到,这人会使他们受到牵连,不过最后他还是听从了自己兄长的意见。

三个逃兵的躲藏生活并没有从那时起发生巨大的改变,唯一的变化就是现在有四个人来分享菲格拉斯兄弟的母亲带来林中的食物了,而且四个人一起在卡萨诺瓦农庄附近的废弃粮仓过夜,因为他们认为出于安全方面的考虑,桑切斯·马萨斯晚上还是不要回到伯雷尔农庄的草垛睡觉为好。奇怪的是(也许也并不奇怪:可能怀着巨大的贪婪去利用人生中决定性时刻的时候,人们通常会遗忘许多东西),华金·菲格拉斯和丹尼尔·安赫拉斯都对四人共同度过的那些天中发生的事情没有太深的印象了。菲格拉斯的记性很好,但总是聊着聊着就信马由缰地跑题了,他记得和桑切斯·马萨斯的相遇暂时使他们从无聊中解放出来了,因为他详细地给他们讲述了他的冒险经历,他的讲述一开始让华金觉得逻辑缜密,但是随着时间的推移他愈发感觉桑切斯·马萨斯当时有些过于咬文嚼字了,不过他也记得有一次他们也讲了自己的经历,相比较而言他们的讲述毫无疑问有些直白、无序且简短,在躲藏的最初几天经历的让人不耐烦的无聊感很快就又重新笼罩在众人心头了。或者说至少华金·菲格拉斯和丹尼尔·安赫拉斯是感觉无聊的。因为华金·菲格拉斯还清楚地记得他和安赫拉斯又开始像前几日一样找各种乐子打发时间了,而他的兄长佩雷则和桑切斯·马萨斯倚在林边的栎树树干上不知疲倦地交谈着。他眼中的二人是这样的:没刮胡子,裹着厚衣服,有些慵懒,时间一点点流逝,他们的膝盖越抬越高,头却越来越低,最后几乎是背对着华金了。他们小口地抽着烟,或是摆弄着树枝将其削尖取乐,两人会不时面向对方,却没有目光交流,当然也从来没露出微笑,就好像两人都没有试图说服对方同意自己的观点,却都相信自己的话并没有白说。他一直都没搞清楚他们两人到底说了些什么,这可能是因为他压根就没想弄清楚过；他知道他们谈论的话题无关政治或战争；有时他觉得（没有什么依据）他们谈论的是文学。能够确定的是，华金·菲格拉斯从来就没真正理解过佩雷（他不止一次在公共场合调侃佩雷，不过其实私底下却很崇拜自己的兄长），他承认自己在心里有点嫉妒桑切斯·马萨斯能在短短几小时内就和他的兄长亲近，这可能是华金一生都没做到的事情。和菲格拉斯比起来，安赫拉斯的记忆就有点模糊了，不过他的话并没有和自己当时、现在仍是朋友的华金的话有什么冲突矛盾的地方；他通过几则逸事补充了那段经历（例如，安赫拉斯记得桑切斯·马萨斯曾经在他深绿色封皮的笔记本上用短小的铅笔写了些什么，这似乎可以证明他在日记中记录的就是那时发生的事情），不过他提到的一件事情却有些不一般。老人们总是会逐渐丧失记忆，有时他们会清楚地记得小时候发生的事情，却记不起几个小时前的经历，因此安赫拉斯总是能回忆起一些小细节。我不知道时间是不是赋予了那件事某些虚构色彩，尽管无法确定，但我还是倾向于相信事情原本就是那样，因为我知道安赫拉斯是个没什么想象力的人，而且他毕竟已经是个病恹恹、无活力的老人了，或者说在这世上的时日已经不多了，我想不出编造那些东西能给他带去什么好处。

我指的是这件事：

在他们四人一起度过的第二个夜晚，安赫拉斯被一阵声响惊醒了。他猛地撑起身子，发现华金·菲格拉斯正平静地睡在他的身边，身下铺着草，身上盖着毯子；佩雷和桑切斯·马萨斯都不在附近。他正要站起来（可能还正准备要叫醒华金，因为华金比他更胆大果断），突然听到了佩雷和桑切斯·

马萨斯说话的声音,他觉得就是那声音把自己吵醒的;其实说话声音很低,但是在周围极度寂静的环境中还是很清晰,安赫拉斯看见在粮仓的另一侧,在虚掩着的门旁边几乎和地面平行的地方有两根香烟正在黑暗中闪着光亮。他对自己说佩雷和桑切斯·马萨斯离开了四人睡觉的草垛,好找个安全的地方吸烟,他问自己那时大概是几点钟,然后又想着佩雷和桑切斯·马萨斯应该已经醒了并且聊了一阵子了,再然后他就又躺下准备再次睡去了。他睡不着。他失眠了,于是他想听另外两个未眠者的谈话。一开始他不是很感兴趣,因为他只想消遣一下,所以也只是听个音,而并没有真正去思考那些谈话的意义和意图;不过后来情况变了。安赫拉斯听到桑切斯·马萨斯用他那时断时续、深邃而又有点沙哑的嗓音讲述着他在科耶里度过的几天里发生的事,细致到了他被执行枪决前后惊心动魄的几小时、几分钟甚至几秒钟。安赫拉斯听说过那次枪决事件,因为在他们相遇的第一天早晨桑切斯·马萨斯就曾提到它,可是此时此刻,可能是由于粮仓里过于黑暗了,也可能是由于桑切斯·马萨斯此时讲述所用的小心翼翼的措辞给那次事件增添了真实感,他感觉自己仿佛第一次聆听那个故事,或者说他感觉自己不是在听故事,而是在紧绷着神经、略带质疑地亲身体验着那次事件,因为他第一次听桑切斯·马萨斯提到了那位淋着雨站在泥坑边的高胖士兵,提到他用灰色或绿色的双眼盯着桑切斯·马萨斯,提到他凹陷的脸颊和突出的颧骨,提到他身后的绿色松林和头顶的深蓝色云朵,他气喘吁吁,粗大的手中握着步枪,身上穿着满是搭扣的磨损严重的深色军装,而这些在最早的讲述中都被桑切斯·马萨斯刻意隐瞒了。安赫拉斯听桑切斯提到那个军人很年轻。也就和你差不多年纪,可能还更年轻一些,不过他的外表看上去更成熟点。有那么一阵子,他盯着我看时,我觉得自己认出他来了;现在我可以确定,我确实知道他是谁了。然后是一阵安静,好像桑切斯·马萨斯在等着佩雷发问,可是佩雷没有提出问题;安赫拉斯看着粮仓尽头闪耀着的两个小火星,其中一个时不时就会更亮一些,然后映照出佩雷泛着红光的面孔。他不是正规士兵,更不是军事情报局的特工,桑切斯·马萨斯继续说道,如果他是的话,我现在就不会在这儿了。不,他只是一个被征调的士兵。就和你一样,也和你弟弟一样。他是我们在科耶里修道院的花园中透气时监视我们的士兵之一。虽说在修道院里我们从来都没和对方说过话,不过我当时就留意过他,我觉得他应该也留意过我,至少我现在是这么认为的。我说我留意过他,实际上我所有的狱友都曾经注意过他,因为我们在花园中透气的时候他总是坐在一个长凳上哼唱着流行歌曲之类的东西。有一天下午他从长凳上站了起来,开始唱《西班牙的叹息》。你听过那首歌吗?当然了。佩雷答道。那是莉莉亚娜最喜欢的曲子了,桑切斯·马萨斯说道,我觉得旋律有点悲伤,但是她一听到那首歌就会舞动起来。我们在那首歌的旋律中跳过多少次舞啊……安赫拉斯看到桑切斯·马萨斯那边的火光也亮了起来,不过很快又暗了下去,然后听到了他用沙哑的嗓音哼唱起了什么。四周如此寂静,安赫拉斯立刻听出他哼的就是《西班牙的叹息》的旋律,这让安赫拉斯有种想哭的冲动,因为他觉得歌词太打动人心了,而旋律可能是世界上最悲伤的了,那首歌就像是面破碎的镜子,映照着他荒废的青春和暗淡的未来:"他请愿于上帝,以其万能,/借太阳的四道闪光,/铸造出一位女子。/满足其愿,/我如玫瑰般,/降生于西班牙的一个花园。/我亲爱的布满荣光的大地,/被香气和激情萦绕的大地,/西班牙,所有的鲜花撒在你的脚畔,/一颗心,在叹息。/啊,我的心在滴血,/因为我离开了你,西班牙,/因为他们已将我,连根拔起。"桑切斯·马萨斯停止了低声哼唱。你全都会?佩雷问道。什么?桑切斯·马萨斯反问了一句。整首歌。佩雷答道。差不多吧。桑切斯·马萨斯答道。然后又是一阵安静。好吧,佩雷继续说道,后来那个士兵做了什么。没什么,桑切斯·马萨斯回答道,他没像以往一样坐在长凳上哼唱歌曲,那天下午他唱《西班牙的叹息》时声音很大,而且是笑着唱的,他就像是被一股无形的力量拉扯着站了起来,然后闭着眼睛开始在花园里跳舞。他像抱着一个女人那样抱着他的步枪,姿势是一样的,力道也是同样的轻柔,我和我的狱友、监视着我们的狱卒乃至其他士兵都注视着他,大家的表情或震惊或悲伤或嘲讽,但都静静地听着他那双沉重的军靴拖过坚硬的砾石和地上散落的食物残渣时发出的声音,就好像他真的正穿着舞鞋在舞池中起舞。在他跳完那首曲子之前,有个人叫了他的名字并且亲切地调侃了他几句,然后他就离开了,好像自己的魔法已经被打破了一样,很多人大笑了起来,也有的人是露出了微笑,反正大家都笑了,囚犯也好,狱卒也好,所有人都笑了,我觉得那是我很长时间以来第一次笑。桑切斯·马萨斯安静了下来。安赫拉斯感觉华金在他旁边翻了个身,他想华金不知是否也在听他们的谈话,不过他发现华金的呼吸还是沉重如常,于是就打消了那种想法。就那样结束了吗?佩雷问道。对。桑切斯·马萨斯答道。你确定是他?佩雷问。是,我确定。桑伊斯·马萨斯回答。他叫什么名字?佩雷又问道,你刚才提到说有人喊了他的名字。我不知道,桑切斯·马萨斯回答说,可能我没仔细听,所以很快就忘了。不过那人确实就是他。我一直在问自己那个士兵为什么没把我抓住,为什么把我放走,这个问题我问了自己无数次。两个人又都不说话了,安赫拉斯感觉这次沉默的时间更长,而且谈话没有重新开始的迹象,他觉得可能那场谈话已经结束了。他站在那儿盯着我看了一会儿,桑切斯·马萨斯继续说道,他看我的眼神很奇怪,从来没人那样看过我,就好像他已经认识我很久了,可是在那一刻却又认不出我来了,所以当时正在努力辨认着我,就像是个昆虫学家在研究眼前的标本,想看看它是不是某种独特而未知的昆虫,又像是某个徒劳地想通过云朵形状破译无懈可击谜团的人。但其实不是:实际上他看我的表情……有些高兴。高兴?佩雷问道。对,桑切斯·马萨斯答道,高兴。我不太明白。佩雷说道。我也不明白。桑切斯·马萨斯说道。总之,他停了一会然后继续说道,我也没搞清楚。我觉得我可能是在说傻话。大概是因为太晚了,佩雷说道,还是睡觉吧。好。桑切斯·马萨斯说道。安赫拉斯感觉他们站了起来,然后挨着躺到了华金身边的草垛上,他感觉(或者说他想象)他们也和他一样难以入眠,他们裹在毯子里翻着身,无法把那首歌曲和在科耶里修道院花园中的石柱及囚犯之间抱着步枪起舞的士兵形象从脑海中消除。

  那是在周四晚上发生的事情,第二天国民军就来了。从周二开始他们就不停地看到最后几批军车车队驶过，而且经常会听到爆炸声，那是共和军为了保障撤离而炸毁桥梁、切断通讯，也正因此桑切斯·马萨斯和他的三个同伴在周五早晨从草地隐藏处焦急地注视着公路，中午刚过，他们就看到了行进中的国民军。四个人都很开心。可是在去和他们的解救者见面前，桑切斯·马萨斯说服三人陪他先去一趟伯雷尔农庄以向玛利亚·费雷及其家人致谢。他们来到伯雷尔农庄，正巧遇见了玛利亚·费雷的父母，不过玛利亚却不在。玛利亚·费雷至今还记得那天中午，她在离桑切斯·马萨斯和他的同伴很远的一个地方也看到了最早到来的国民军军队，过了一会儿一个邻居来了，对她说她的父母让她回家，因为她家来了几个士兵。玛利亚有点担心，她赶忙和邻居一起回了家，但是当她听到邻居说那群士兵里还有几个来自坎皮海姆村的小伙子时，她悬着的心就放了下来。尽管她和佩雷及华金没说过几句话，可是她确实是认识他们的，所以她一看到华金站在院子里和安赫拉斯说话就认出了他。佩雷和桑切斯·马萨斯在厨房里和她的父母在一起；桑切斯·马萨斯开心地拥抱了她，把她抱了起来，还吻了她。然后他给费雷一家讲述了那几天发生的事情，在那几天中他们没有他的任何消息，他在讲述的过程中不停地夸赞和感激安赫拉斯及菲格拉斯兄弟，他说：

"他们现在都是我的朋友。"玛利亚和华金·菲格拉斯都记不清了，但是安赫拉斯还记得。根据他的说法，就是在那时桑切斯·马萨斯第一次说出了那个在接下来几年里他不断重复的称呼，乃至于哪怕到了生命的最后阶段，在许多曾帮助他奇迹般生存下来的人的记忆中仍然回响着那个称呼——"林中之友"。而且据安赫拉斯所言，桑切斯·马萨斯当时还很严肃地说了一句："有一天我会把这些都写进书里的，书名就叫《萨拉米斯的士兵》。"

在离开之前桑切斯·马萨斯再次向费雷一家表达了谢意，感谢他们接纳了他，并且请求他们如果以后需要他帮助的话就来找他，千万不要有什么顾虑。为了以防万一，他在一张纸上写下了他们为他做的事情，以便于他们在和新政府之间产生什么问题时使用。然后他们就离开了，玛利亚和她父母看着他们从院子正门走了出去，沿着土路往科内利亚德特里方向走去了，桑切斯·马萨斯走在前面，就像是指挥官一样，带领着其余几个欣喜若狂却衣衫褴褛的胜利一方的士兵。华金和安赫拉斯守在他身边，佩雷低着头走在稍靠后一点的地方，就好像他并没有感受到其他人的那种喜悦，但是却在拼尽全身的力量要让自己融入团体中去。在之后的几年里玛利亚给桑切斯·马萨斯写过很多次信，而他总会亲笔给她回信。桑切斯·马萨斯回的信如今已经不在了，因为在母亲的建议下玛利亚把它们都销毁了，可能是担心那些信会给他们带来麻烦。至于她自己的信，有许多是巴尼奥莱斯当地政府写的，为了请求释放被关押的家人、朋友和熟人，那似乎成了她不可推卸的责任，也使得她在许多年里被该地区很多绝望的人视为救星或圣母，人们经常会奔走着为那些在战后被不加区别报复的人们寻求庇护，谁也没有想到那些政治清算会持续那么久。除了她的家人之外，没有人知道给予他们如此多帮助的并不是玛利亚的某个秘密情人，也不是玛利亚与生俱来但直到那时才使用的某种异能,而是一个玛利亚一家曾经给过他一顿热饭吃的行乞的逃难者,而且自从那个2月的中午他和菲格拉斯兄弟及安赫拉斯消失在土路尽头之后,玛利亚·费雷这辈子再也没有亲眼见到过他。

桑切斯·马萨斯在坎皮海姆村待了一阵子,等待着送他回巴塞罗那的交通工具。那几天他们过得很开心。尽管在西班牙的某些地区战争仍在持续,但是对于他和他的同伴而言战争已经结束了,对那几个月不安定的逃亡生活和濒临死亡体验的可怕记忆反而使他更兴奋了,这些还得加上对即将和家人朋友重聚、即将看到自己做出过决定性贡献而促成建立的新国家的期待。他渴望和新的领导层保持良好的关系,也希望新政府能和人民群众建立良好的关系,在国民军进入那片之前由共和派占领的地区时,当地居民如同狂欢一般迎接了他们,桑切斯·马萨斯和他的三个伙伴几乎从未在那些迎接活动中缺席,虽然那三人依然穿着共和军的服装,腰上还别着枪,但是他们如今有了桑切斯·马萨斯的保护,桑切斯·马萨斯也用一种有点滑稽但理所应当的方式宣布他们三个是他的私人保镖。那段欢乐的时光在一天早晨结束了,一个国民军军官出现在坎皮海姆村,他宣布即将出发去巴塞罗那的吉普车上有一个位子是留给桑切斯·马萨斯的。桑切斯·马萨斯几乎没有时间和菲格拉斯家族及安赫拉斯家族告别,他在匆忙中把那本深绿色封皮的笔记本交给了佩雷,那里面除了有他在树林中度过的岁月中写下的日记,还写着他对他们的感激之情将永远把他和他们联系在一起之类的话,华金·菲格拉斯和丹尼尔·安赫拉斯都还清楚地记得桑切斯·马萨斯

最后说的几句话,他从沿着通向赫罗纳的公路行驶的吉普车的车窗中探出身子挥舞着手臂,喊着:

"我们还会再见面的!"

可是桑切斯·马萨斯错了:他再也没能见到佩雷和华金·菲格拉斯,也没能再见到丹尼尔·安赫拉斯。可是,他一直都不知道,其实后来丹尼尔·安赫拉斯和华金·菲格拉斯还看见过他。

事情发生在几个月后的萨拉戈萨。那时的桑切斯·马萨斯已经和他与三个年轻人相识时完全不同了。在迎来解放的热情推动下,那段时间他奔波于各地参加不同的活动:他去过巴塞罗那、布尔戈斯、萨拉曼卡、毕尔巴鄂、罗马和圣塞巴斯蒂安;所到之处无不受到热情接待,人们庆祝他重获自由,也庆祝他加入新的西班牙政府中来,他所倡导的精神被认为对西班牙的未来发展有着重大的意义;他写了很多文章,接受了很多采访,还举办集会、做演讲、参加电台广播节目的录制,他在这些活动中模糊地提到过自己被囚的经历,还表示自己会坚定信念为新制度贡献力量。然而从他离开坎皮海姆村的第二天起,他就经常出现在时任起义军媒体宣传负责人的迪奥尼西奥·里德鲁埃霍在巴塞罗那的办公室里,众多长枪党知识分子在那里举行集会,有老党员,也有新人,在表面的和谐胜利氛围之中,桑切斯·马萨斯捕捉到了佛朗哥的狡诈性情和他三年来在战争后方玩弄的把戏在胜利者们中间制造出的猜疑情绪。他能想明白这些,但是他选择不去想或者他压根就不愿意想。这其实很好理解:桑切斯·马萨斯才刚刚重获自由,自己追求的一切都变为了现实,他无法想象佛朗哥治下的西班牙和自己理想的西班牙竟会大不一样；不过他在长枪党中的一些老同志们可不像他这样去思考问题。1937年4月19日,《统一法令》颁布实施,那是一场真正意义上的反向政变(里德鲁埃霍在多年之后做出了这样的评判),它要求所有参与起义的政治力量都要合并为唯一的政党,统一服从佛朗哥的领导,这使得长枪党的老党员们开始怀疑他们想象中的法西斯革命也许永远也不会到来了,因为他们理念中的迫切追求——把对某些传统价值的保护和国家社会及经济结构迫切需要的变革以某种看上去难以实现的、迎合民众心理的巧妙方式结合起来,同时要把中产阶级面对无产阶级革命时的紧张情绪和针对资产阶级浪漫而又危险的舒适生活而提出的源自尼采学说的非理性主义生机论结合起来——终将像是被兑入了保守人士手中那以次充好的劣等酒一样被稀释掉。在1937年局势最紧张的那段时间,长枪党由于何塞·安东尼奥被处决而群龙无首,佛朗哥也借机把长枪党当成了攫取权力的意识形态工具,他不断发表高谈阔论,举行仪式性的活动,还利用许多其他法西斯主义惯用的伎俩,试图参考希特勒的德国和墨索里尼的意大利模式来锻造他手中的政治工具(佛朗哥从上述两人手中得到过援助,当时也依旧接受着援助,他也希望这种援助能持续下去),不过他也可以像何塞·安东尼奥在数年前不无担心的语言中所说的那样利用它:"把长枪党当作挑起冲突的辅助因素,当作反制行动的突击卫士,当作一支行进在贪恋权力者身前的年轻军队。"在那些年里,一切都促使最初的长枪党思想逐渐淡化,从佛朗哥对它做的矫正到另一个关键事实莫不是如此。这个关键就是,在战时,不仅有大量认同长枪党思想的人加入,甚至也有许多想要掩盖自己曾经的共和党人身份的人也加入了进来。因此,新旧势力之间的碰撞早晚都会出现:要么是将长枪党的政治计划和佛朗哥执掌新政府的布局之间的分歧挑明,要么就是把这场权力宴席中最小的面包渣屑也吞下肚,在最大限度忍耐的状态下继续和谐相处下去。当然了,在这两种极端选择中保持中间姿态几乎成了必然,不过事实上,尽管有如此多敌对性的抗议,可是除了里德鲁埃霍之外(他总是会做出错误的选择,不过却能始终保持单纯和勇敢的本性),几乎没有人以公开的方式表现出刚才提到的第一种态度。

桑切斯·马萨斯自然没有表现出上面提的第一种态度,战争刚结束时他没有那么做,终其一生也都没有。但是1939年4月9日,也就是佩雷·菲格拉斯和他在科内利亚德特里的八名同伴被关进赫罗纳监狱之前八天,佛朗哥的妹夫、时任外交部长同时一贯在政府中捍卫长枪党的拉蒙·塞拉诺·苏涅尔为桑切斯·马萨斯在萨拉戈萨组织了一场致敬活动,当时桑切斯·马萨斯还完全没有察觉他梦想建立的国家和新制度下的西班牙压根就不是一回事;他当然也不会想到当时华金·菲格拉斯和丹尼尔·安赫拉斯也在萨拉戈萨。事实上两人已经在萨拉戈萨待了将近一个月了,他们被要求在那儿服兵役,两人从广播里听说桑切斯·马萨斯从前一天起下榻在格兰酒店,而且当天夜里要在阿拉贡的长枪党要员面前做一场演讲。出于好奇,但更多是幻想着桑切斯·马萨斯可以通过自己的影响力给他们减少一点军营的严苛要求,菲格拉斯和安赫拉斯来到了格兰酒店,他们对一个侍者说他们是桑切斯·马萨斯的朋友,想见一见他。菲格拉斯依然记得那名微胖平静的侍者,他的蓝色制服上配着金色的流苏和穗饰,在大厅玻璃吊灯的照射下闪闪发光,他们周围有许多穿着制服的要员走来走去。他也记得侍者在打量过他们寒酸的制服和身上带着的乡村气息之后露出的不信任表情。最后侍者对他们说,桑切斯·马萨斯正在房间里休息,他没有权限去打扰他,也不能放两人通行。

"不过你们可以在这儿等他。"他有些残忍地指了指旁边的几把椅子,"他一现身,你们就可以从长枪党党员中间挤过去,跟他打招呼,他如果能认出你们自然是最好,"他微笑着用食指在脖子前比画了一下,"如果他认不出你们的话……"

"我们等他。"侍者的举动刺激到了菲格拉斯的自尊心,他拉着安赫拉斯走到椅子跟前坐了下来。

他们等了将近两个小时,随着时间的推移,侍者的警告、酒店的奢华以及四周大量的法西斯装饰品让他们感到越来越害怕,后来大厅里挤满了穿着蓝色上衣戴着红色贝雷帽的人,用军礼打招呼的声音也此起彼伏,菲格拉斯和安赫拉斯已经放弃了他们最初的打算,决定立刻返回军营,不见桑切斯·马萨斯了。他们还没从大厅走出去,在楼梯和旋转门之间的一队长枪党党员就拦住了他们的去路,过了一会儿,他们短暂地同时也是一生中最后一次远远地望见了桑切斯·马萨斯,他在海洋般的红色贝雷帽中,在树林似的举高的手臂中保持着首脑的威严姿态缓慢前行,他那犹太人般的外形上如今已经罩了一层当权者的高傲劲儿,而在三个月前,正是同一个人穿着破烂的衣裳,没有戴眼镜,由于疲惫、困苦和恐惧在那个遥远的郊外乞求他们的帮助,他再也没机会能偿还"林中之友"在战时施予他的恩情了。

在萨拉戈萨的行程中,桑切斯·马萨斯做了题为《光荣周六之演讲》的演讲活动,毫无疑问那时的桑切斯·马萨斯已经嗅到了叛乱的风险,于是他在演讲中号召他的长枪党同志们服从纪律、无条件支持佛朗哥,而那只不过是桑切斯·马萨斯在那几个月里做的无数场公共活动中的一场罢了。雷德斯马·拉莫斯、何塞·安东尼奥和鲁伊斯·德阿尔达都在内战之初被枪决了,因此桑切斯·马萨斯就成了当时还健在的资格最老的长枪党党员;这一点,再加上他和何塞·安东尼奥的深厚友谊及在长枪党创立初期所起到的关键作用,使得他在党内拥有了高人一等的地位,而这些也使得佛朗哥对他礼让三分,一方面是为了确保他的忠诚,另一方面也是为了利用他来缓和自己和许多长枪党党员之间已经出现的嫌隙。这种简单但行之有效的收买策略在1939年8月达到顶峰,战后首届政府在那时成立,而从同年5月起任长枪党对外代表团负责人的桑切斯·马萨斯被任命为不管部长,这种收买行为就如同有预谋的行贿,佛朗哥极其擅长此道,这也从另一方面证明了他当时对权力的垄断状态。当然那不是什么拥有实权的职位,桑切斯·马萨斯也没有把它很当回事;不管怎么说,他还是很善于利用自己重拾起来的作家身份的:那段时期他经常在报纸和杂志上发表文章,也常常参加聚谈会,在公众面前朗读自己的文章,1940年2月他和好友欧亨尼奥·蒙特斯一起被选为皇家语言学院院士,根据《阿贝赛报》的报道,他入选的理由是"他是长枪党革命性语言和诗歌的代言人"。桑切斯·马萨斯是个爱慕虚荣的人,但是绝不愚蠢,所以他的虚荣心不会大过他的自尊心:他很清楚自己能当上皇家语言学院院士更多的是由于政治原因,而并非凭借文学上的成就,所以他一直都没在学院里做当选发言。还有其他一些因素大概也影响到了他的这种姿态,几乎所有人都不无道理地把他的反应理解为作家表现出的对世俗荣耀的高贵蔑视。尽管人们总是这样评价,但在这件最体现桑切斯·马萨斯到死仍拥有的冷漠与无关痛痒的贵族光环的事情上给他上面的评价却有些冒险。

综合各种五花八门的流言,据说在1940年7月末的一天,在部长会议上,佛朗哥终于厌烦了桑切斯·马萨斯长期缺席类似会议的情况,他指着那把属于桑切斯·马萨斯的空椅子说:"请把那张椅子从这儿撤走吧。"两周之后桑切斯·马萨斯就被撤职了,根据传言,他本人从来就没把被撤职放在心上。他被撤职的具体原因并不清楚。有人说桑切斯·马萨斯的不管部长一职没有实权,他也实在对参加建言会议没什么兴趣,因为他很难融入那种官僚气息浓重的管理会议,而作为一名政客,参加类似会议将占据他大部分时间。还有一些人认为佛朗哥厌烦了桑切斯·马萨斯总是在某些无足轻重的话题上引经据典地高谈阔论(例如萨拉米斯海战中波斯舰队的失败原因,或是长刨的使用方法),所以他决定放弃那个没有工作效率、奇怪而又不合时宜的文学家,而且他在政府中所起到的本来就更像是装饰性作用。当然也不乏有人出于私心天真地将桑切斯·马萨斯的离职看作是他因为忠诚于真正的长枪党精神而对当时的政府不满。不过所有的版本中都提到他曾多次递交辞呈,但均未被接受,直到他用各种理由缺席部长会议,才最终被罢免。不过不管怎么说,那些流言对桑切斯·马萨斯而言有利无害,因为它们把他塑造成了正直且不贪恋权势虚荣的形象。不过事实可能恰好相反。

记者卡洛斯·森蒂斯曾经在那个时期当过桑切斯·马萨斯的私人秘书,他坚持说桑切斯·马萨斯没有去参加那些部长会议只是单纯因为他没有接到参会通知。根据森蒂斯所言,桑切斯·马萨斯在直布罗陀问题上说出的不合时宜的言论以及当时位高权重的塞拉诺·苏涅尔对他的厌恶才是造成他遭受排挤的真正原因。森蒂斯的版本在我看来是可信的,这不仅因为森蒂斯是桑切斯·马萨斯任不管部长的一年中他身边最亲近的人,也是因为塞拉诺·苏涅尔有充分的理由从桑切斯·马萨斯的蠢笨言行之中(桑切斯·马萨斯曾为了获得佛朗哥的好感而不止一次顶撞塞拉诺·苏涅尔,就像他当年为了获得何塞·安东尼奥的信任而多次和希梅内斯·卡瓦列罗对着干一样)找到对付他的完美理由,桑切斯·马萨斯总是以老资格自居,这对他的权威是一种挑战,也会阻碍他在正统长枪党党员之中或是在佛朗哥本人面前进一步提升自己的名望。森蒂斯还坚称,除了被免职之外,桑切斯·马萨斯还在几个月的时间里被禁止离开他位于维索区的住所,那是一个位于塞拉诺街的别墅,几年前桑切斯·马萨斯和他的朋友、共产党员何塞·贝尔加明一起把它买了下来,至今那栋房产还在桑切斯·马萨斯家人的名下。同时部长级别的工资他也拿不到了。于是他的经济状况忽然之间陷入了困境,到了12月,禁足令在毫无征兆的情况下被撤掉了,于是桑切斯·马萨斯决定前往意大利寻求妻子家人的帮助。路过巴塞罗那时他住在了森蒂斯的家里。森蒂斯已经记不清那段时间里都发生了些什么，也不记得桑切斯·马萨斯当时的精神状态是怎样的，但却记得圣诞节当天，就在他们搞完庆祝活动之后不久，桑切斯·马萨斯接到了一通意外的电话，电话那端通知他说，他的姑姑胡利娅·桑切斯刚刚去世了，留给了他一大笔遗产，包括位于卡塞雷斯省科里亚市的一幢豪宅和其他多处房产。

"拉斐尔，之前你是个作家和政客，"那段时期阿古斯丁·德福克萨对他说道，"现在你只不过是个百万富翁罢了。"福克萨既是作家、政客，也同样是百万富翁，同时还是随着时间的推移桑切斯·马萨斯没有失去的少数几个朋友之一。他也是个很聪明的人，而聪明人说的话往往是有他的道理的。事实上自从继承了姑姑的遗产之后，桑切斯·马萨斯的身上又多了数个政治职务，从长枪党政治委员会委员到地区代言人，再到普拉多博物馆理事会负责人，不过其实那都是些起不到实际作用的虚职，几乎不会占用他太多的时间，从四十年代中期开始，他似乎对此感到厌烦了，因此逐渐卸掉了那些职务，从此慢慢在公众视野中消失了。然而这并不意味着桑切斯·马萨斯在四十和五十年代成了一个沉默的反佛朗哥分子：毫无疑问他对于新制度给西班牙人民带来的平庸生活有所轻视，不过在这种新制度下生活也并没让他感到太不舒服，他甚至会毫不犹豫地在公众面前为暴君唱赞歌，如果需要的话，他也经常会夸赞他的妻子，尽管在私底下他经常会痛斥佛朗哥和自己妻子的愚蠢无知，他自然也从来没有因为自己殚精竭虑地掀起内战而感到后悔，那场战争推翻了合法的共和政府统治,但是却并没有建立起他梦寐以求的属于文艺复兴式的强人领袖和诗人的可怕制度,战后形成的新政府中充斥着骗子、蠢货和伪君子。"我既不会后悔,也不会遗忘。"他在《创始、兄弟情谊和命运》一书的扉页上亲手写下了这句有名的话,那本书里收录了三十年代他在《起身报》和《FE.》周报上发表的关于长枪党精神的多篇极富战斗精神的文章。那句话写于1957年春天;这个日期本身就值得人们玩味。那时的马德里依然处于佛朗哥政府建立后经历的第一次重大危机的余波之中,那场危机是由桑切斯·马萨斯非常熟悉或者说他天天与之打交道的两方人马的联合结盟而造成的,那次结盟看似毫无预兆,实则不可避免。一边是年轻的左翼知识分子,他们是股重要的政治力量,是长枪党内部对现状失望的一群人,大多是显赫家庭的年轻子弟,其中包括桑切斯·马萨斯的两个孩子:长子米格尔,1956年学生运动的领袖之一,该年2月被捕入狱,不久之后就开始了长时间的逃亡;还有受桑切斯·马萨斯偏爱的儿子拉斐尔,在那之前刚刚出版了《哈拉马河》,那部小说表现了一群躁动的年轻人不安的情绪,同时还具有极高的艺术价值。另一边则是一些老面孔,其中首推桑切斯·马萨斯的老朋友迪奥尼西奥·里德鲁埃霍,他是和桑切斯·马萨斯的长子米格尔以及另外一些学生运动的领袖一起由于在前一年进行的几次反佛朗哥行动被捕的,里德鲁埃霍还在1957年创建了以建立民主社会为宗旨的民主行动社会党,此外还有一些最早加入长枪党的党员,他们可能没有忘记自己以往的政治生涯,可是却毫无疑问已经对此后悔了,甚至已经带着某种决心和勇气开始行动起来,准备和他们曾出力建立的新制度相对抗了。"我既不会后悔,也不会遗忘。"就像叛徒常常是那些最爱表忠心的人一样,不乏有人怀疑桑切斯·马萨斯在那个时间点写下那样的话恰恰证明他像许多曾经围绕在何塞·安东尼奥身边的同志一样,已经后悔了,或者至少是在某些事情上后悔了,而且他也正在试图遗忘,或者至少是在某些事情上选择遗忘。这种猜想很有诱惑力,但可惜是错误的:除了私底下对当时政权的隐秘蔑视之外,没有任何一点蛛丝马迹能证明他的对立态度。"首长,如果要是问我为何憎恨共产党员的话,"有一次福克萨对佛朗哥这样说道,"那是因为长枪党党员的身份强迫我那么做的。"桑切斯·马萨斯从来没说过类似不恭敬的讽刺性话语,更不会在佛朗哥面前说那些,但其实福克萨的话放在桑切斯·马萨斯身上也适用。也许桑切斯·马萨斯一直就是个假长枪党党员,如果说他算是长枪党党员的话,那也只是因为他觉得自己有入党的义务,换个角度看,也许所有的长枪党党员都是假的,或者都是出于义务而入党的,因为在心底他们一直都认为自己的理想是另一副样子,而非只是为了简单应付混乱的时期,或者把党当作一个通过改变一点东西来谋求不变的工具。我想说的是,和他的许多同志一样,他不是百分百想成为长枪党党员是因为他感觉到了针对他们资产阶级美梦的威胁在迫近,桑切斯·马萨斯从来没有以低声下气的姿态参与政治活动,也从来没有狂热地推崇诸如最后拯救文明的只能是一队士兵这样的激进冲突论。桑切斯·马萨斯想和其他长枪党党员一起利用稳定、特权和等级秩序来创造文明,他为自己的那种角色而感到自豪,而且他也许想在那种稳定、特权和等级秩序被建立之后就功成身退。所以他是不是真的什么都不想遗忘,什么都不后悔,这是个有疑点的话题。

因此严格说来我们不能确定桑切斯·马萨斯在战后的身份是政客;当然就像聪明的福克萨所指出的那样,我们也没有把握说他是一个作家。因为虽然在那些年里他确实减少了参加政治活动的次数,而把更多时间投入到了文学领域:在战后二十年的时间里他出版过长篇小说、短篇小说、散文、戏剧作品,还在《起身报》《午后报》和《阿贝赛报》上发表了数不清的文章。这些文章中有一部分确实写得很棒,就如同用语言制成的精美珠宝,另外,那时期出版的一些书也可以位居他最好的作品之列,如《佩德里托·德安蒂亚的新生活》(1951)和《阿尔贝罗阿的水及其他问题》(1956)。这些都是事实,不过尽管从四十年代中期到五十年代中期他已经在西班牙文坛占据了至高无上的地位,却仍一直不厌其烦地学习文学写作(和学习当政客一样,桑切斯·马萨斯一直觉得学习搞文学不是绅士所为)。随着时间的推移,他的隐藏技巧也越来越娴熟了,甚至在从1955年起的五年时间里,他在《阿贝赛报》上发表文章时都只用三个星号来署名。除此之外,那段时期他的社交活动也仅限于经常拜访少数几位朋友,例如伊格纳西奥·阿古斯提和马里诺·戈麦斯·桑托斯,那也是仅有的几个能忍受桑切斯·马萨斯不羁性格的人,从五十年代初开始,桑切斯·马萨斯还经常参加位于毕尔巴鄂花园空地①的商业咖啡馆举办的茶话会,那些活动都是由塞萨尔·冈萨雷

---

① 毕尔巴鄂花园空地,位于马德里的一个环形交叉路口花园区。

斯-鲁阿诺组织的,他对桑切斯·马萨斯很熟悉,他形容那个时期的桑切斯·马萨斯"就像是一个狂热的文学爱好者,一个喜爱语言文字的老绅士,一位伟大而独特的老先生,他不想把自己的爱好变成职业,而只想在假期中写写诗歌和散文来练手"。

或者换句话说,在罗列了这一系列情况之后,也许可以认为福克萨说的是有道理的:从内战结束到离世,桑切斯·马萨斯大概真的除了百万富翁之外什么也不是。他是一个没有很多个百万钱财在手的百万富翁,总是无精打采的,显得有点颓废,却总是对一些稀奇古怪的东西显示出极大的热情,例如手表、植物学、巫术、星卜学之类的东西,然后再把不是那么大的热情投入到文学中去。他有时住在科里亚的豪宅里,过着古堡式的生活,有时也会住在马德里的委拉斯凯兹酒店和维索区的别墅里,别墅周围有好几只猫,屋子里铺的是意大利瓷砖,藏有许多旅行类图书、西班牙画作和法国版画,大厅里有一个法式烟囱,花园中到处都是蔷薇。桑切斯·马萨斯一般睡到中午才起床,午饭过后开始写作,一直写到晚饭时间;他把晚上的时间用来阅读,有时会一直读到清晨。他很少出门,吸很多烟。很可能那个时候他已经什么也不相信了。可能在他的一生之中,在他的内心深处,他从来就没相信过任何东西,哪怕是他曾经捍卫和宣扬的东西也是一样。他搞政治,可是他一直打心眼里瞧不起政治。他鼓吹古老的价值,忠诚啊,勇气啊,但他本人却做过背叛之事,也经常展露出自己的怯懦,他和一小部分人一起发展了长枪党令人丧失理智的学说,还称颂那些古老的制度:君主制、家族、宗教和祖国,但是他压根不会为了给西班牙带来一位国王而出一丁点力,也忽视自己的家人,经常和他们异地而居,因为读了《神曲》就放弃了天主教信仰;至于祖国,好吧,没人知道祖国到底是什么样的,可能只是无赖和懒惰的借口。在他生命中的最后几年里和他有接触的人都还记得桑切斯·马萨斯会时常回忆内战的经过和科耶里枪决事件。"我在行刑的那几秒钟学到的东西实在是令人难以置信。"1959年他对一个记者这样说道,但是却并没有明确指出自己到底从濒临死亡的体验中学到了什么。也许那些只是让他有了份幸存者的经历,因此在他生命的最后阶段,他总是喜欢把自己想象成一个失败的迟暮之人,好像他本可以做许多惊天动地的大事,却最终几乎什么也没做似的。"我配不上我受到的帮助和获得的希望,我只能平庸地接受它们。"那段时期他曾经向冈萨雷斯-鲁阿诺这样坦白过,在做出这段坦白的几年之前,桑切斯·马萨斯似乎已经借《佩德里托·德安蒂亚的新生活》中的一个躺在床上即将死去的人物之口说出了他心中所想:"我在这个世界上注定一事无成。"事实上,在很早之前,桑切斯·马萨斯就曾经用那种忧郁的、充满挫败感和无望感的口吻做出过类似的表达。那是1913年7月,当时还不到十九岁的桑切斯·马萨斯在毕尔巴鄂写下了题为《在昔日的太阳下》的三首诗,其中最后一首是这样写的:

> 我如不羁的老人和
> 衰老的宫廷诗人一样坠落着
> 我将在人们手中,
> 在耶稣会神父的陪伴下流逝

> 我如古老的骑士一般，
> 日益虔诚，日渐笨拙
> 我那傲人的天赋啊，
> 你会变得脆弱又忧郁
>
> 如同所有故事的结尾，
> 仅剩下弥撒和遗训中吐露的罪过，
> 只有葬礼能给予我施舍
>
> 我注定将经受最后的凌辱，
> 请用《给法比奥的悼亡书》①，
> 给我刻上不朽的声名！

我不知道在他写下这首诗的五十年后，在他生命的最后那段日子里，桑切斯·马萨斯是不是一位不羁的老人，但毫无疑问他算得上是位衰老的宫廷诗人。虽然只是表面上如此，但他依然信教，他也像是位古老的骑士。他有傲人的天赋，后来也确实变得脆弱而忧郁。他去世于1966年10月的一个夜晚，死因是肺气肿；参加他葬礼的人并不多。他只留下了很少的钱和少量的房产。他并不能算是顶尖作家，因此他没有写，也可能是不屑于写类似于《给法比奥的悼亡书》那样的作品。不过他算得上是长枪党中最优秀的作家：他留下了一些出色

---

① 《给法比奥的悼亡书》，作者为西班牙诗人、军人安德烈斯·费尔南德斯·德安德拉达（1575—1648）。

的诗歌和散文作品,数量要比大多数作家都要多,但按照他的天赋,他本可以写出更多好东西来,他的作品总是达不到他出众的天赋的要求。安德烈斯·特拉彼略说桑切斯·马萨斯就和其他许多长枪党作家一样,赢了战争,却失去了在文学史中的地位。这话着实在理,或者说至少部分是合理的,因为桑切斯·马萨斯要为那场大屠杀负起一定的责任,而他花了大量的时间精力选择遗忘这一切;不过我们也可以说,在赢得了战争之后,桑切斯·马萨斯自己放弃了作家的身份:这样想的话最后这事会带上某种浪漫的色彩,因为也许所有的胜利都会使人背负上某种耻辱感,那也是他在到达那个天堂后最先感受到的情感:那个他幻想中的宁静怡人的资产阶级天堂就像是对古代等级森严的特权社会的拙劣仿制品。他可以在其中生活,但他无法在里面写作,因为写作和完满是无法兼得的。如今已经很少有人记得桑切斯·马萨斯了,也许这也合情合理。在毕尔巴鄂有一条街是以他的名字命名的。

第三部分　斯托克顿之约

在报社给我的假期结束前很久我就写完了《萨拉米斯的士兵》。在那段时间里,我除了孔琪外几乎谁也不见,我和她每周会有两三次一起出去吃饭,其他时间就把自己没日没夜地关在房间里,坐在电脑前打字。我带着自己都未曾察觉到的毅力和勇气痴迷地写着;我也没搞清楚自己是为了什么而写。我本来想写一本桑切斯·马萨斯的传记,聚焦于一件也许对他一生而言都有决定意义的事件:科耶里枪决。我想分析那次事件的参与者,借此展开,进而透视长枪党的发展状况,或者更具体地说,到底是什么原因使得一群清高的知识分子建立了长枪党,进而把国家推向了无尽的血海。当然我自己也很清楚,这个目标会随着书中内容的推进而发生改变,因为每本书最后都会把命运掌握在自己手里,也因为其实人们不是按照自己的想法写书的,而是按照自己的能力写书的;我也清楚这么长时间对桑切斯·马萨斯的调查将会构建出我这本书的核心部分,这使我有了安全感,不过到了某个时刻我终将放下那些调查的结果,因为我需要让我写的东西有吸引力,一个作家要做到这一点就不能只写出他了解的东西,而要写出他忽略的东西。

上面的那两种预测都成为现实,2月中旬,也就是假期结束前一个月,我就把书写完了。我愉快地把它读了又读。在第二遍阅读的时候那种愉快就变成失落了:书写得不糟,但是不够充分,就像是一台完整的机器却因为缺少了某个零件而不能发挥它预想中的作用。糟糕的是我不知道那缺少的零件到底是什么。我仔细修改了整本书,重写了开头、结尾和部分章节,还交换了几个章节的位置。然而缺失的零件依旧没有出现。这本书还是不能令我满意。

我放弃了挣扎。就在我做出这个决定的那天我出门和孔琪吃饭了,她可能是察觉到了我有点奇怪,因为她问我是不是出了什么事。我没心情提书的事情(实际上我压根没心情说话,甚至连出门吃饭的心情也没有),但我最后还是给她解释了事情的来龙去脉。

"操蛋,"孔琪说道,"我跟你说了别写那个丑八怪。和那人有关系的全倒霉了。你现在要做的是忘了那本书,再开始写另一本。写本关于加西亚·洛尔迦的怎么样？"

接下来的两个星期里我都只是坐在椅子上,面对着关机状态的电视。我记得自己那时什么也没想,连我爸爸也没想,更没想我前妻。孔琪每天都来看我:收拾一下房子,准备食物,等我上床之后她就会走。我不太喜欢哭,但是孔琪每天晚上十点左右都会打开电视评价着自己穿着占卜服在当地电视台做的节目,每当那时我就抑制不住地想流泪。

也是孔琪说服了我:尽管我的目标没有完成,而且我也没从失落状态中恢复,但我还是应该回报社上班。也许是因为不像上次的离职时间那样长,又也许是我的表情引起的更多是同情而非讽刺,这次两手空空回归工作并没有使我觉得很丢人,办公室里也确实没有人嘲讽我,甚至没有人提过问题,连主编也没问我什么——这次主编不仅没有让我给他从街角的咖啡馆里买咖啡回来(我已经做好做这事的准备了),甚至连其他杂活儿也没让我干。恰恰相反:就好像看出我需要换换心情似的,他提议我暂时放下文化版块,去做一系列每日采访,采访那些并非出生在当地可却在当地长期居住的有影响的人物。因此在接下来的几个月里,我采访了许多企业家、演员、运动员、诗人、政治家、外交官、律师乃至闲人。

罗贝托·波拉尼奥是我最早采访的人之一。波拉尼奥是智利作家,已经在布拉内斯定居很长时间了,布拉内斯是一座位于巴塞罗那和赫罗纳之间的沿海小镇,他当时四十七岁,已经出版过许多本书了,他的身上总是带着他们那一代流亡到欧洲的拉美人身上特有的嬉皮士气息。我去拜访他的时候他刚刚得了一个很重要的文学奖,当时他和他的妻子孩子住在布拉内斯市中心的安普莱街,他用那个文学奖的奖金在那里买了很现代化的一层楼作为居所。那天早晨他就在那里接待了我,我们还没好好打招呼,他就突然对我说道:

"哎,你不会就是那个写过《手机》和《房客》的哈维尔·塞尔卡斯吧?"

《手机》和《房客》是我当时出版过的仅有的两本书,而且是十多年前出的了,除了我那时的朋友之外几乎没人听说过它们。我有点迷茫,还有点疑惑,但还是承认了。

"我知道那两本书,"他说道,"我觉得我甚至买过它们。"

"啊,买书那人就是你啊?"

他没有理睬我开的玩笑。

"你稍等一下。"

他消失在了走廊尽头,过了没多久就回来了。

"这不是在这儿嘛。"他像获得胜利似的挥舞着我写的那两本书。

我翻了翻他取来的书,我感觉他是读过它们的。我有点悲伤地说道:

"你读过它们啊。"

"当然了,"波拉尼奥笑了,要知道他可不是个爱笑的人,不过他说什么都让人觉得他不是在严肃地说话,"我连在街上踩到的报纸都会读。"

现在轮到我笑了。

"这是很多年之前写的了。"

"你不要不好意思,"他说道,"我挺喜欢这两本书的,至少我记得我当时是喜欢的。"

我想他可能是在嘲笑我;我把目光从书上移开,移到了他的眼睛上:他不是在嘲笑我。我听见自己说了一句:

"是吗?"

波拉尼奥点了根烟,看上去思考了一会儿。

"我对第一本书没什么印象了,"想过之后他承认道,"我记得有一个故事写得很好,讲的是一个混蛋诱使一个可怜的男人犯罪,而这只是为了帮助他写完一本小说,是这样吧?"还没等我作答,他就继续说道,"至于《房客》嘛,我觉得是本很棒的小说。"

波拉尼奥很自然而坚定地做出了上面的评论,我突然感觉他对我的小说做出的这几句赞美是出自客气或怜悯。我没说话,虽说我才刚刚认识他,但是我那时有强烈的愿望想给眼前这个声音低沉、一头卷发、瘦骨嶙峋、胡子拉碴的智利人一个大大的拥抱。

"好吧,"我说道,"我们可以开始采访了吗?"

我们一起去了港口边的一家酒吧,酒吧位于防波堤和市场之间,我们挑了个靠窗的位子,透过早晨那透着金色的寒冷空气,我们可以看到整片布拉内斯海湾,时不时地还会有几只海鸥庄严地飞过,船坞处停满渔船,远处的帕罗梅拉海角也依稀可见,它标志着布拉瓦海岸的地理边界。波拉尼奥点了茶和烤面包片,我点了咖啡和水。我们进入正题了。波拉尼奥告诉我说他现在的生活已经步入正轨了,因为他写的书开始给他带来收益了,可是在最近二十年里他穷到过得还不如老鼠滋润。他很小的时候就不上学了;几乎做过所有种类的临时工(尽管除了写作他再也没做过其他正经的工作);他在阿连德治下的智利参加过革命,在皮诺切特上台后被关进监狱;他在墨西哥和法国生活过;他的足迹几乎踏遍了整个世界。几年前他做过一场复杂的手术,从那时起他就像个苦行僧一样生活在布拉内斯了,在这里他埋头写作,除了家人之外几乎谁也不见。巧合的是,皮诺切特在我采访波拉尼奥的同一天回到了智利,他被他的支持者们视为英雄,在此之前他在伦敦待了两年,等待着被引渡到西班牙接受审判。我们提到了皮诺切特回到智利的事情,提到了他的独裁以及智利这个国家。我自然而然地问到了他是如何看待阿连德的倒台和皮诺切特的政变的。他也自然而然地用一副索然无味的表情看着我;

过了一会儿他答道：

"就像马克斯兄弟①的电影一样,只不过死了人。到处都是一片混乱,"他喝了口茶,把茶杯重新放回到碟子上,"好了,我跟你说实话吧。这么多年来我一直都在咒骂阿连德,我觉得都是他的错,因为他没有把武器发给我们。现在我觉得那种想法真是大错特错。妈的,那家伙是把我们当作他的亲儿子看啊,你明白吗？他不想让我们被人干掉。如果他把武器给了我们,我们肯定会像虫子一样被他们碾死。总之,"他又举起了茶杯,总结道,"我觉得阿连德是个英雄。"

"英雄到底是什么呢？"

我的问题似乎让他有些惊讶,似乎从来没人问过这个问题,又好像是他一直以来就在思考这个问题;他把茶杯举在空中,短暂地看了我一眼,然后又把目光移向了海湾,思考了一阵子;然后他耸了耸肩。

"我不知道,"他说道,"有人觉得自己是英雄,事实有时也确如他们所言。或者说有的人就是有那种勇气和道德,所以他从来不犯错,至少在最不该犯错的关键时刻不犯错,所以他不想当英雄都难。也有的英雄,就像阿连德,他们明白英雄不是杀死别人的人,而是那个不去杀戮或者甘愿赴死的人。我不知道,你觉得英雄是什么呢？"

那时我已经有一个月没有想过《萨拉米斯的士兵》的事了,但是在波拉尼奥向我发问的那一刻我不可避免地想起了桑切斯·马萨斯,他从没杀过人,而且在现实揭露出他缺乏勇

---

① 马克斯兄弟,美国著名喜剧团体。

气和道德之前的某个时刻,可能他也曾认为自己是个英雄。我说道:

"我不知道。约翰·勒卡雷①曾经说过,要成为正派的人,就得有英雄的果敢。"

"没错,但是正派的人和英雄可不是一回事,"波拉尼奥对此进行了反驳,"正派的人有很多:他们都是些能及时说出'不'字的人;不过英雄可不一样,英雄很少。事实上我认为一个英雄的行为举止里总会有些盲目的、不理智的、直觉性的东西,那源自他的天性,他无可逃避。另外,一个人可以终其一生都很正派,但是永远保持伟大却不可能,所以一个人只能暂时成为英雄,或者最多在某个疯狂的、有启示意义的时期是英雄。马加亚内斯电台报道说阿连德躺在莫内达宫某个角落的地面上,手里还抓着冲锋枪,另一只手里握着话筒,好像是喝醉了,又好像是早就死了,没人知道他说了什么,但我觉得他传递出来的是我这辈子从没听到过的纯洁高尚的言语……现在我记起了另一件事。那事发生在马德里,时间过去挺久了,我是在报纸上读到它的。一个小伙子在市中心的街上走着,突然看到一幢房子着火了。他二话不说冲进房子,救出了一个女人。然后又冲进去,这次救出了一个男人。再然后他又冲进去,又救出了另一个女人。后来火势已经大到连消防队员都不敢冲进去的地步了,进去的话简直和自杀无异;但是小伙子又一次冲了进去,他肯定是知道里面还有人被困。当

---

① 约翰·勒卡雷(1931—),原名戴维·康威尔,英国著名的谍报小说家。

然了,这次他再也没能出来,"波拉尼奥停了下来,用食指把眼镜抬高到了眉毛的高度,"很残酷,不是吗? 好吧,我不知道那个小伙子为什么要那么做,是出于冲动还是别的什么情感;我觉得那是他下意识的举动,一种超越了普通本能的盲目的本能,是它支配着他的行动。可能那个小伙子一直都很正派,我不否认这种可能性;但也可能他不是一直都很正派。不过哈维尔,我们不得不承认:那家伙是个英雄。"

那天早晨剩下的时间波拉尼奥和我都在聊他的作品和他喜欢的作家,他提到了很多作家,而且还特别强调他还有很多喜欢的作家没来得及说。波拉尼奥提到那些作家时都显出了某种怪异而冷淡的激情,最开始那种态度让我觉得很有意思,可后来我就感到不太舒服了。我缩短了采访的时间。我们在沿海步行道准备告别的时候,他提议让我到他家去一起吃饭,他的老婆和儿子也都在家,我撒了谎:我说我去不了,因为报社里还有人在等我。于是他请我改天再来找他,我又撒了谎:我说我很快就会来的。

过了一个星期,采访刊发之后,波拉尼奥给报社打来电话找我。他说他很喜欢我写的那篇采访。他问道:

"你肯定那些关于英雄的话我都说过吗?"

"一字不差,"我这样答道,多疑的性格使我想到那最初的赞誉可能只是为了接下来的发难而做的铺垫,我猜想波拉尼奥可能也属于把文章中的不足归咎于记者的恶意、马虎和冷漠的那类人,"我录音了。"

"妈的,真是篇好文章!"他的话让我平静了下来,"不过我给你打电话是为了另一件事。明天我要去赫罗纳续居留;

那破事耽误不了我太长时间,咱们一起吃个饭怎么样?"

我既没预料到他会打来电话,也没预料到他会邀请我吃饭,也许是因为我觉得接受邀请要比编出拒绝的理由更容易,所以我同意了。第二天,我来到比斯特罗特咖啡馆的时候,波拉尼奥已经坐在店里等我了,他的手里还拿着杯健怡可口可乐。

"我都快二十年没来过这里了,"波拉尼奥前一天在电话里这样说道——当年住在赫罗纳的时候,他的家就在比斯特罗特咖啡馆附近,"这一带的变化可真大啊。"

在点过餐之后(他点了沙拉配烤牛排,我点了蒸贻贝和兔肉),波拉尼奥又一次夸赞了我写的采访文章,他提到了杜鲁门·卡波特和诺曼·梅勒,然后突然问我有没有在写什么。问一个没有在写东西的作家他是不是在写东西可以算得上是极大的冒犯了,所以我有点不快地答道:

"没有,"因为我觉得波拉尼奥肯定和所有人一样觉得在报纸上写东西算不得写作,我紧接着补充道,"我已经不写小说了,"我想起了孔琪,又说道,"我发现我没有什么想象力。"

"写小说不需要想象力,"波拉尼奥说道,"有记忆力就够了。小说是通过整合记忆写出来的。"

"那我就是失忆了,"我想表现得聪明一点,于是解释道,"我现在是记者,换句话说,是个行动派。"

"那可真是太可惜了,"波拉尼奥说道,"失败的作家都是行动派。要是堂吉诃德写了骑士小说,哪怕只写了一本,他也不再是堂吉诃德了。我要是不会写东西的话可能现在正跟着哥伦比亚革命武装力量打仗呢。不过,一个真正的作家永远都不会改变自己作家的本质,哪怕他没写东西也是一样。"

"你为什么觉得我算是真正的作家呢?"

"因为你写了两本真正的书。"

"都是年少无知时写的东西。"

"你不把写报刊文章算作写作吗?"

"算是写作,但我写那些不是因为那会让我感到开心,而纯粹是为了养家糊口。而且我觉得记者和作家是两回事。"

"这一点你说得很有道理,"他表示同意,"好记者总会是好作家,但好作家几乎永远都不是好记者。"

我笑了。

"这话说得漂亮,但是不对。"我说道。

吃饭的时候波拉尼奥给我讲了他当年在赫罗纳的生活;他细致地讲述了自己在何塞普·特鲁塔医院度过的一个2月的漫漫长夜。那天早晨他被诊断出患有胰腺炎,等到医生终于出现在他的病房时,虽然知道会得到怎样的回答,但他依然还是问医生自己会不会死。医生摸了摸他的胳膊,用人们撒谎时惯用的语气说不会。那天晚上在入睡前,波拉尼奥感觉到了无尽的悲伤,不是因为他觉得自己快要死了,而是因为他还有许多书想写,但却永远没机会写了,还因为他想起了自己已经离世的许多朋友,想起了他们那一代的拉美年轻人,想起了那些在战争中死去的士兵,他一直想把他们写进自己的小说,而现在却只能让他们真正地永远地死去了,他自己也是一样,他们将像从没在这个世界上存在过一样。后来他睡着了,那一整晚他都在做梦,梦见自己在一个角斗场里和一名真正的斗士在较量,那是个脸上挂着微笑的东方巨人,他根本不是对手,但他还是跟那人打了一整晚,一直打到他醒来,虽然没人告诉他,但他还是欣喜若狂地发现自己应该是不会死了。

"不过有时候我觉得自己还没醒,"波拉尼奥边用纸巾擦嘴边说道,"有时候我觉得自己还躺在医院病床上,在和那个斗士打斗,而这些年来我所经历的事情(我的儿子、妻子、我写的小说还有我提到的那些已经去世的朋友)都是一场梦,也许在某个时刻我会醒来,然后发现自己躺在决斗场的某个布袋里,已经被脸上始终挂着死神般微笑的东方巨人打死了。"

吃完饭后波拉尼奥请我陪他在城里走一走。我同意了。我们逛了老城区,在兰布拉大道和加泰罗尼亚广场转了转,还去了趟市场。傍晚时分我们去卡雷玛尼酒店的酒吧里喝东西,那里离火车站很近,就算是顺便陪波拉尼奥等火车了。在喝着茶和金汤尼的时候他给我讲了米拉莱斯的事情。我不记得我们是怎么聊到那个话题的了;不过我记得他在讲那件事的时候充满激情,还有点严肃,用上了他所有的历史和军事知识,他讲得口沫横飞,但却并不准确,因为后来我查了许多关于内战和二战中的军事行动的资料,我发现波拉尼奥讲述的许多日期、人物和背景都经过了他的记忆或是想象力的再加工。不过就米拉莱斯的事情而言,波拉尼奥说的不仅是真的,而且连大部分细节都符合事实。

在修正过波拉尼奥搞错的日期和其他一些信息之后,事件的原貌是这样的:

波拉尼奥是在1978年夏天认识米拉莱斯的,地点是卡斯特尔德菲尔斯的海洋之星野营地。海洋之星是一个房车野营地，每年夏天都会有大量游客来到这里，大多是欧洲人：法国人、英国人、德国人、荷兰人，还有一些西班牙人。波拉尼奥记得至少在他在那儿干活的那段日子里，去旅行的人总是很开心，他自己也很开心。他在那里工作了四个夏天，从1978年到1981年，有时在冬天的周末也会去干活；他在那儿当过垃圾清理工，当过夜班警卫，什么他都干。

"我像是在那儿读了博士，"波拉尼奥对我说道，"我见到了形形色色的人。其实这辈子让我学到最多东西的地方就是那里。"

米拉莱斯每年8月初都会到野营地去。波拉尼奥还记得他坐在房车驾驶室里的样子，也记得他脸上带笑、大声打招呼的样子。他总是戴一顶棒球帽，腆着弥勒佛一样的肚子在野营地登记处办理手续，然后立刻把房车停到指定位置。从停好车起米拉莱斯在接下来的一整个月里就只会穿条泳裤外加一双橡胶拖鞋。他整天光着身子，很自然就引起了大家的注意，因为他的身上布满疮疤：事实上他的整个左半边身子，从脚踝到左眼（还能看见东西）有条极长的疤痕。米拉莱斯是加泰罗尼亚人，应该是巴塞罗那或巴塞罗那周边城市的人，例如萨瓦德尔或特拉萨。不论如何波拉尼奥记得自己听他说过加泰罗尼亚语，不过波拉尼奥也提到过，因为米拉莱斯在法国生活的时间太长了，整个人就像是地道的法国人：爱做刻薄的讽刺，很懂得享受吃喝，见到好酒眼睛就放光。每个夏日夜晚他都会和好友们聚在野营地的酒吧里，作为夜班警卫的波拉尼奥也经常会加入那些持续到很晚的聚会中去，他经常会看到米拉莱斯喝醉，不过哪怕喝醉了的米拉莱斯也不会变得爱吵架打架或是情绪激动。只不过那些夜晚结束时他常常需要一个人送他回房车,因为他已经不能靠自己找回去了。波拉尼奥陪过他好多次,很多时候他们会单独相处,在酒吧里喝到很晚,一般米拉莱斯会把周围的人都灌倒,也就是在那些孤独的漫漫长夜中波拉尼奥听米拉莱斯一次又一次提起自己在内战时的经历,而那些是他从没和周围其他人讲过的,他讲那些的时候丝毫不带夸耀或是骄傲的情绪,反而时常使用他那法国式的讽刺口吻,就好像参加内战的不是他而是别的什么他压根不认识或者他很轻视的人似的。正因为这样波拉尼奥才对他讲述的内容记忆犹新。

1936年秋天,西班牙内战爆发几个月后,刚满十八岁的米拉莱斯就被征召入伍,1937年初,在经过了一番紧急的军事训练之后,他被编入了由恩里克·利斯特将军统领的共和国第一混编旅。那时的利斯特已经担任过第五军团和反法西斯工人武装部队的指挥官,已经算得上是传奇人物了。第五军团那时刚刚解体,和米拉莱斯分在同一个队伍的大部分战友都曾经是第五军团的士兵,他们在几个月前,也就是上一年的11月,在把佛朗哥军队挡在马德里大门之外的战斗中起到过决定性作用。米拉莱斯在战前是一个车床工人学徒,压根就不关心政治,他的父母也都是老实人,从来不谈论政治话题,他们的朋友们也都是如此。然而他刚上前线没多久就加入了共产党:他的战友、上司乃至于利斯特本人都是共产党员,这无疑对他的决定起了推动作用,也许他当时确信共产党人是唯一愿意挺身而出然后赢得战争的人。

"我觉得他是个有点鲁莽的人,"波拉尼奥记得在某个夜晚米拉莱斯对他提到了利斯特,在战争期间利斯特一直是他的长官,"但是他很爱自己手下的弟兄们,而且也很勇敢,非常西班牙,我的意思是他很有种。"

"粗糙而纯正的西班牙人。"波拉尼奥当时这样插了一句,但是他并没有告诉米拉莱斯他是在引用塞萨尔·巴列霍的话,当时波拉尼奥正在写一本关于这位秘鲁诗人的小说。

米拉莱斯笑了。

"完全正确,"他表示同意,"后来我读了许多关于利斯特的东西,或者说否定他的东西。据我所知里面的内容大部分都是假的。我知道他在很多决策上都犯了错,但他也做了不少正确决定,不是吗?"

内战爆发之初米拉莱斯对无政府主义者还抱有同情,倒不是因为他们的思想形态或是革命热情,也许是因为他们是最早走上街头对抗法西斯主义的人。然而随着战争的推进,无政府主义者却在后方造成了混乱,这也使得米拉莱斯对他们的同情消失了:就和所有共产党员一样,当然这一点也更加推动米拉莱斯入了党,米拉莱斯明白当时最迫切的是赢下战争,在那之后有的是时间去搞革命。因此当1937年夏天利斯特下令米拉莱斯所属的第11师消灭阿拉贡的无政府主义团体时,米拉莱斯虽然觉得有点残酷,但也并没有认为那道命令不可理喻。后来米拉莱斯还在贝尔奇特、特鲁埃尔和埃布罗打过仗,前线战事失利之后,米拉莱斯随着大部队一起向加泰罗尼亚撤退,1939年2月初他穿越了西法边境线,在战争末期一共有四十五万西班牙人逃到了法国境内。他们在那里住进了阿热莱斯难民营,实际上就是一片被双层铁丝网围起来的广漠沙滩,连简易房屋和应对寒冷天气的衣物都没有。女人、老人和小孩住在一条沟渠里,条件极其不人道,他们只能睡在覆满雪和霜的沙地上,而男人则带着战败的绝望和愤恨在周围游荡,八万西班牙难民在那里等待着冬季的结束。

"他们管那儿叫难民营,"米拉莱斯经常这么说,"但实际上就是让我们等死的地方。"

因此在到达阿热莱斯难民营的几周之后,当法国的国际纵队募兵旗帜出现的时候,米拉莱斯毫不犹豫地报了名。就这样他后来去了马格里布,或者说马格里布地区的某个地方,可能是突尼斯也可能是阿尔及利亚,波拉尼奥记不太清了。在那里他惊讶地迎来了世界大战的开始。1940年6月法国落入了德国人手中,马格里布的大部分法占区也被维希傀儡政府接管了。不过当时菲利普·勒克莱尔将军还在马格里布。勒克莱尔将军拒绝服从维希政府的命令,他怀着指挥半个非洲的不切实际的想法开始召集人手,想要让在海外的法国人接受戴高乐的领导,后者当时在伦敦做着和他一样的努力,正以"自由法国"运动为名来对抗贝当①。

"对了,哈维尔!"波拉尼奥靠在卡雷玛尼酒店酒吧里的扶手椅上,透过他那厚厚的镜片和杜卡多斯香烟的烟气有点怀疑和嘲弄地看着我,"米拉莱斯骂了勒克莱尔一辈子,也经常怪自己听信了勒克莱尔的鬼话。因为勒克莱尔把他和其他连件完整衣服都没有的人都给彻底骗了,他们当时压根就不

---

① 亨利·菲利普·贝当(1856—1951),法国陆军元帅、军事家、政治家、维希政府元首。

知道自己要去哪儿。实际上他们在沙漠中穿行了几千公里,就靠走路,条件比他们放弃的阿热莱斯难民营还差,而且他们没有任何装备。达喀尔拉力赛和那比起来简直就像是周末散步!能做成那么一件事的人可真是有种!"

可是米拉莱斯和其他一大批被勒克莱尔愚蠢的热情骗了的志愿军只好硬着头皮前进,在经历了几个月在沙漠里的自杀式行军之后,他们终于来到了法属赤道非洲的乍得省,也最终在那儿和戴高乐的人取得了联系。在到达乍得之后不久,米拉莱斯就和另外一支从开罗来的英国部队以及国际纵队的其他五个士兵一起,在时任乍得法军指挥官奥拉诺将军的指挥下对意大利占领的利比亚西南部迈尔祖格绿洲发动了攻击。六名法国军队的士兵其实只能算是志愿军;实际上米拉莱斯从来就没想过要参加那种军事行动,可是因为他的队伍里没人愿意参加,最后只能通过抓阄来决定人选,米拉莱斯被抽中了。米拉莱斯所在的队伍最多只能用来做做样子,因为自从法国陷落之后,这还是第一次有法国军队参加对抗轴心国军队的战斗。

"哈维尔,你得注意,"波拉尼奥收起笑容,有点困惑地说着,就好像他从自己讲的事情中发现了什么(或者发现了它的实际价值),"整个欧洲都被纳粹占领了,而在那么一个偏远的角落,在完全没人知晓的情况下,四个北非人、一个黑人和一个操蛋的西班牙人组成的队伍在奥拉诺的带领下发动了几个月来第一次高举自由大旗的战斗。这事真他妈热血!米拉莱斯就是其中之一,被骗也好,时运不济也罢,或者也许他都没搞清楚自己为什么会出现在那儿,但实际情况是他确实出现在了那儿。"

奥拉诺在迈尔祖格战死了。他的乍得武装领导地位由勒克莱尔接任,由于在迈尔祖格取得了胜利,他立刻下令继续攻击库夫拉绿洲,那是利比亚沙漠地区最重要的绿洲,当时也在意大利人的掌控中。进攻库夫拉绿洲的任务由国际纵队的一队志愿军和一群当地士兵执行,他们的武器很少,交通工具也不充足,1942年3月1日,在再次在沙漠中行进了一千多公里后,勒克莱尔和他的部队攻占了库夫拉,那支队伍中自然也包括了米拉莱斯。在回到乍得后,米拉莱斯享受到了那几年中难得的几周休息时间,在某个时刻那种闲暇时光还让他幻想着在迈尔祖格和库夫拉取得的胜利可能会在很长一段时间里让他和他的战友们远离战争。就在那时,勒克莱尔生出了短时间内的第二个绝妙想法:他坚信战争的决胜之匙就是北非,当时蒙哥马利的第八集团军正在那里与纳粹德国的非洲军团交战,于是勒克莱尔决定尝试和英国军队会合。几个月前他们从马格里布行军到乍得,而现在却要反其道而行之了。当时有许多其他军队也采取了类似的行动,可是勒克莱尔完全没有可支配的军事设施,因此米拉莱斯和他的三千两百名战友只能再次集结上路,各方面的条件甚至比初次行军时还要糟糕,他们只能完全靠步行穿过把他们和的黎波里无情隔开的几千公里长的沙漠地区。他们最终在1943年1月到达的黎波里的时候,蒙哥马利的第八集团军刚刚把隆美尔的军队从那里赶走。勒克莱尔率领着幸存下来的队伍在非洲参加了接下来的战斗,因此米拉莱斯参与了进攻驻守在马雷斯防线的德军的行动,之后,又在加贝斯和斯法克斯与意大利人交战。

非洲战事结束后,勒克莱尔的部队被收编到了同盟军部队体系中,摇身一变成了第二装甲师,被调去英国进行美式坦克操作训练。1944年8月1日,也就是大约在诺曼底登陆两个月后,米拉莱斯也在诺曼底的犹他海滩登陆了,当时他隶属于陆军第十五集团军。勒克莱尔的部队立刻就开赴前线,在米拉莱斯经历的持续二十三天的在法国的作战过程中,战斗片刻都未停止过,尤其是法莱兹包围战和在萨尔特地区发生的战斗。勒克莱尔的部队在当时非常特殊:不仅因为那是当时唯一一支在法国境内作战的法国部队(尽管队伍里有许多非洲人和参加过内战的西班牙老兵,这从队伍中坦克的代号也能看出来——瓜达拉哈拉号、萨拉戈萨号、贝尔奇特号),也是因为它是一支主要由志愿军组成的队伍,所以它不像正规军一样有后备力量,这支部队里的一个士兵牺牲了,他的位置只能由另一个志愿军顶上。这也就解释了在一般情况下,一个士兵不会连续四五个月被安排在前线作战,因为前线的战斗实在是太过残酷,可是米拉莱斯和他内战时期的战友们在诺曼底的沙滩登陆之前已经有七年多时间在连续不断地战斗了。

然而战争对他们而言仍未结束。勒克莱尔的部队是同盟军最早进入巴黎的部队之一;米拉莱斯是在8月24日夜间由让蒂伊门进入巴黎的,仅比德洛纳上尉率领的法国部队晚了一个小时。之后仅过了十五天,勒克莱尔的队伍就再次上阵杀敌了,那时他们已经被收编到了德·拉特尔·德·塔西尼的法国第三军里。在接下来的几个星期里他们连一丝喘息的机会都没有:进攻齐格菲防线、进军德国、抵达奥地利。米拉莱斯的军事冒险就是在奥地利结束的。米拉莱斯永远也不会忘记那个刮着大风的奥地利冬日清晨,他(或者是和他一起行动的某个人)踩到了地雷。

"他受了重伤,"波拉尼奥喝了杯中已经凉了的茶,停顿了一下,说道,"那时欧洲战事已经要结束了,在八年的战争中,米拉莱斯见过周围无数人离开这个世界,朋友啊,战友啊,有西班牙人,也有非洲人和法国人,来自世界各地的人。而那时好像死神终于找上他了……"波拉尼奥用胳膊肘敲击了一下扶手椅,"终于轮到他了,但是那家伙并没死。他们把他送回后方的时候他已经快不行了,人们似乎得到了上帝的指引,竭力治疗他。不可思议的是他竟然真的活了下来。大概一年多后米拉莱斯成了法国公民,而且得到了终身抚恤金。"

战争结束了,米拉莱斯也从伤病中恢复了过来。他搬到了第戎或是第戎周边的某个地方居住,这一点波拉尼奥记不清了。他不止一次问过米拉莱斯为什么要住在第戎(或是第戎周边),他有时回答说住在那里和住在别的地方没什么区别,有时又说那是因为在打仗的时候他曾经暗自许愿,如果能活下来的话,那么他这辈子剩下的时间都要住在盛产美酒的地方,"这个愿望实现了。"他经常会幸福地拍打着自己那裸露的大肚子这样说。在经常和米拉莱斯接触的那段日子里,波拉尼奥觉得上面这两种说辞都是假的——不过现在他认为也许它们都是真的。确定无疑的是米拉莱斯在第戎(或者第戎周边)结了婚,而且在第戎(或者第戎周边)生了一个女儿。女孩名叫玛利亚。波拉尼奥也是在野营地认识她的,因为一开始她也会每年夏天都陪着爸爸一起去:他记得那是个严肃、瘦小但又很结实的女孩,"一个地道的法国姑娘",尽管她跟她爸爸交流时用的是西班牙语,可总是把"r"发成小舌音。① 他还记得在女儿出生不久之后米拉莱斯的爱人就去世了,他只能和女儿相依为命:在家里都是玛利亚说了算,她下命令,米拉莱斯则像一个惯于听令行事的谦恭老兵那样服从命令,而当在野营地酒吧里的聚会持续到很晚的时候,当米拉莱斯醉得连话都说不清楚的时候,通常都是玛利亚挽着他的胳膊把他搀回房车,米拉莱斯走路磕磕绊绊的,但表现得很温顺,眼神因醉酒而显得迷离,不过脸上却总是挂着一个骄傲父亲那略带自责的微笑。不过玛利亚后来就不到野营地来了,她只来了两个夏天(波拉尼奥在那里工作的四年中的两年),后来就是米拉莱斯一个人去野营地了。正是从那时起波拉尼奥和他的关系才真正亲密了起来;也就是在那同一时期米拉莱斯和露丝睡到了一起。露丝是个妓女,有时夏天会来野营地找生意。波拉尼奥对她印象很深:皮肤黑黑的,有点胖,但是年轻,长得也挺漂亮,天性活泼却又不乏冷静;也许她只是偶尔做做皮肉生意,波拉尼奥这样推测道。

"米拉莱斯真的是疯狂痴迷于她,"波拉尼奥补充道,"露丝不在的时候,那家伙就难过得不行,一直给自己灌酒,就像是想要醉死。"

于是波拉尼奥回忆起了自己和米拉莱斯一起度过的最后

---

① 法语中存在小舌音,西班牙语中并无小舌音,西班牙语里的"r"常发成多击颤音,即通常所说的大舌音。

一个夏天中的某个夜晚,当时已经快天亮了,波拉尼奥在做着首轮巡逻,突然听到从营地尽头靠近一片松树林的地方传来了微弱的音乐声。他不想打断音乐,因为音乐声音很小,不会影响到任何人休息,然而出于好奇他还是小心翼翼地走过去,他看到两个人正在房车的防雨罩下搂抱着跳舞。他认出了那是米拉莱斯的房车,也认出了跳舞的两人正是米拉莱斯和露丝,而那音乐则是首很古老而悲伤的乐曲(至少波拉尼奥当时是那种感觉),他曾经无数次听到过米拉莱斯哼唱那首曲子。趁他们没发现自己,波拉尼奥藏身到了另一辆房车后面,在接下来的几分钟里,他就那样一直观察着他们两人。他们光脚踩在草地上,在不太真实的月光和旧灯泡发出的光亮照射下安静而严肃地舞着,最引起波拉尼奥注意的是他们的认真态度和仪表之间的反差,米拉莱斯还是像往常一样穿着泳裤,有些苍老,挺着大肚子,可是从舞步可以看出他很会跳舞,他引领着露丝,后者穿了条长及膝盖的白裙子,裸露的身体若隐若现,就像是飘浮在凉爽夜晚中的幽灵。波拉尼奥说在那个时刻,他躲在房车后看着一个经历过无数战争的老兵,扭动着满是伤疤的躯体,身旁陪伴着一个偶然结识的、不会跳舞的妓女,那使他的内心生出了一种奇怪的激情,可能是这种激情使他产生了错觉,在那对男女旋转身体的一刹那波拉尼奥仿佛看到米拉莱斯的眼睛在闪烁着光芒,就好像他突然在那一刻流下了眼泪或是在徒劳地竭力抑制着流泪的冲动似的,也有可能是他已经哭了一阵子了,这使得波拉尼奥感到或者想到他的存在似乎有些不道德,好像他从那一幕场景中抢走了什么一样,他认为自己得离开了,他也茫然地想到自己的野营地工作生涯也许该结束了,因为他已经在那里学到了一切他可以学到的东西。因此他点起一根烟,最后望了一眼在防雨罩下跳着舞的露丝和米拉莱斯,然后转身走开,继续巡逻去了。

"那个夏天的最后我还是像往常一样和米拉莱斯说来年再见。"波拉尼奥继续说道。在那之前他沉默了好一会儿,好像是在暗自对自己说着些什么,也可能是在对某个正在倾听他的人说着什么,不过那人并不是我。透过卡雷玛尼酒店的玻璃窗向外望去,可以发现夜幕已经降临;在我面前坐着的波拉尼奥面色阴沉,有些走神,我们的桌子上摆满了空杯子和一个已经堆满烟灰的烟灰缸。我们买了单。"可是我知道第二年我不会再回到野营地了。我不会再回去了,也不会再见到米拉莱斯了。"

我坚持陪波拉尼奥走到了火车站,他为了应付旅途而购买杜卡多斯香烟的时候,我问他,这些年来他是不是再也没有关于米拉莱斯的消息了。

"没了,"他答道,"我再也没见过他,再也没见过很多人。也不知道他现在怎么样了。也许他还是每年都会去野营地,不过我觉得不大可能:他已经有八十多岁了,可能已经没法再去野营地取乐了。也许他还住在第戎,也可能他已经死了,事实上我觉得这才是最有可能出现的情况,不是吗?你问这干什么?"

"没什么。"我说道。

我又撒了谎。那天下午在听他讲述米拉莱斯的故事的时候,我的兴趣在逐渐提高,我想着可能很快就会在波拉尼奥那些夸张的作品里读到那些故事,但是可能是受到酒精的刺激,在我和他告别后,我又在这座被路灯和橱窗照亮的城市漫步了一阵,然后我回到了家,那时我突然生出了一个愿望,我希望波拉尼奥不要把那些事情写下来——我希望自己把它们写下来。那一整晚我都在想着这件事:准备晚饭时,吃晚饭时,洗碗时,看着电视喝牛奶时,我想象着事件的开头和结尾,组织着中间的章节,我虚构着人物,在脑子里开始了写作,并不断地改写着某些句子。我躺在床上,周围一片漆黑(在黑暗的卧室中只能看到电子闹钟闪烁着微弱的红光),我失眠了,我感到自己有些头脑发热,不过由于年龄原因或是多次失败的经历刺激着我在某个不可避免的时刻生出了要保持冷静的想法,于是我试着通过回忆最近一次糟糕的写作经历来使自己的激情冷却下来。我就是在那时想起那件事的,我想起了桑切斯·马萨斯经历的枪决事件,也想起了米拉莱斯在内战时期一直在利斯特手下当兵,无论是在马德里、阿拉贡、埃布罗还是在加泰罗尼亚撤离时期都是如此。那么在科耶里呢?我这样想着。那一刻,失眠给我带来了既有迷惑性又有决定性的光明,仿佛某人看到了不可思议的神迹,在我已经放弃寻找(因为一个人永远找不到他要找的东西,他只能找到现实给予他的东西)那台完整却无法发挥理想作用的机器所缺失的零件时,我在无光且静寂的卧室中隐约听到了一个声音:"就是他。"

我从床上跳了下来,连鞋都没顾得上穿,三步两步地跑到饭厅,拿起电话,拨通了波拉尼奥的号码。等待应答的时候我看了一眼墙上的表,凌晨三点半,我犹豫了一下,把电话挂断了。

我觉得直到天快亮了我才睡着。不到九点我就又一次拨通了波拉尼奥的电话。是他爱人接的:波拉尼奥还在睡觉。我直到十二点才在报社和他取得了联络。我突然问他有没有把米拉莱斯的事情写下来的想法,他说没有。然后我问他有没有曾经听到米拉莱斯提起过科耶里修道院;波拉尼奥把修道院的名字重复了几遍。

"没有,"最后他回答道,"至少我记得他没提到过。"

"那么拉斐尔·桑切斯·马萨斯呢?"

"那个作家?"

"对,"我说道,"费尔洛西奥的父亲。你知道他的吧?"

"我读过他写的一些东西,写得很不错。可是这跟米拉莱斯有什么关系呢?我从来都没跟他聊过文学。你这些问题都是从哪儿来的啊?"

我正要再次编造一个借口,可是我突然及时发现波拉尼奥是唯一可以帮我找到米拉莱斯的人。于是我简短地解释了事情的前因后果。

"哎呀,哈维尔!"波拉尼奥叫道,"这不是很棒的小说素材吗!我就知道你肯定是在写书。"

"我现在没在写书,"我否认道,"而且那不是一本小说,是基于真实的事情和人物发展出来的故事。一个真实的虚构故事。"

"没什么区别,"波拉尼奥反驳道,"所有的故事都是真实的虚构故事,只能如此,至少对于读者而言是这样。不管怎么说,我不明白的是,为什么你这么确定米拉莱斯就是那个救了桑切斯·马萨斯的士兵。"

"谁说他就是了？我甚至都还没搞清楚他那时是不是在科耶里。我想说的只是米拉莱斯可能在那儿,因此他有可能就是那个士兵。"

"可能吧,"波拉尼奥有点怀疑地嘟囔着,"但更有可能不是他。无论如何……"

"无论如何我都得找到他,解开谜团,"我打断了他,因为我猜到他接下来肯定是要说"……如果不是他的话,你就写成是他","所以我才给你打电话。我想问的是,你有什么办法能查到米拉莱斯现在在哪吗?"波拉尼奥喘着粗气,他提醒我说他已经有二十年没见过米拉莱斯了,还说他跟二十年前认识的人基本都已经断了联系……他停顿了一会儿,没做解释,只是让我不要挂电话。我举着话筒等待着。他离开了好一阵子,我甚至在想波拉尼奥是不是已经忘了我还在电话这头等着他。

"哥们,你真是走运,"过了一会我又听到了他的声音,然后他给我念了一个电话号码,"这是海洋之星的电话。我都忘了我还留着它了,不过我把那个时期的东西都保存在一起了。你打个电话问问关于米拉莱斯的事情吧。"

"他叫什么名字啊?"

"我记得是安东尼,或者是安东尼奥。我也不确定。所有人都叫他米拉莱斯。你打电话问一问:我在那儿干活的时候只要是来野营的人就都得留下姓名和住址。我确定他们现在也还是会这么做的……当然啦,我是说如果海洋之星还存在的话。"

我挂了电话,然后又把话筒拿了起来,我拨了波拉尼奥给我的电话号码。海洋之星野营地依然存在,而且当年夏天的营业期已经开始了。我问那个接电话的女人有没有一个叫作安东尼或安东尼奥·米拉莱斯的人住在野营地里;在接下来的几秒钟里,我听到电话那端传来飞速敲击键盘的声音,然后她回答我说没有。我解释了事情的原委:我急需找到那个人,他在二十年前是野营地的常客。那个声音变得严厉了起来:她说她确信他们是不允许把客人的信息泄露出去的。然后我又听到了敲击键盘的声音,她紧接着又说两年前野营地把数据信息电子化了,只保留了近八年的客人信息。我坚持说也许米拉莱斯这八年来还坚持去野营地。"我保证他没来过。"她说道。"为什么?"我问道。"因为文档里没有他的名字。我刚刚试过了。一共有两个姓米拉莱斯的,但是没人叫安东尼奥或是安东尼。""有叫玛利亚的吗?""也没有。"

那天早晨我极度兴奋,充满了幻想,一起吃自助餐的时候我把米拉莱斯的事全都告诉了孔琪,我解释说之前自己在写《萨拉米斯的士兵》的时候方向出了问题,我坚信米拉莱斯(或者米拉莱斯之类的人)就是让我的书鲜活起来所缺失的那个零件。孔琪不再吃东西了,她眨了眨眼,顺从地说道:

"卢卡斯拉得真是时候!"

"卢卡斯?卢卡斯是谁?"

"不是什么重要的人,"她说道,"就是个朋友。他是因为拉不出屎才死的,直到死了才泄出了屎。"

"孔琪,拜托,我们正在吃东西呐。而且卢卡斯和米拉莱斯有什么关系呢?"

"伙计,有那么一阵子你让我想起了'脑子'冈萨雷斯,"孔琪嘟囔道,"要不是我知道你是个文化人,我肯定会说你是个傻子。我不是从一开始就跟你说,让你写写某个共产党员吗?"

"孔琪,我觉得你没明白我的意思……"

"我明白得透透的!"她打断了我,"你要是从一开始就听我的,咱们就可以避免那些不愉快了!你懂我的意思吗?"

"什么?"我答道,却并没把她的话放在心里。

孔琪脸上的表情突然变了:我看到她露出了无邪的笑容,看着她染过的头发和那双迷人的、睁得大大的黑眼睛。孔琪举起了她的酒杯。

"我的意思是,咱们终于要从那本让你茶饭不思的书里逃脱出来啦!"

我们碰了杯,我突然有种冲动,想要伸腿过去检查一下孔琪有没有穿内裤;有那么一瞬间我感觉自己爱上她了。我控制住自己的冲动,开心地说:

"不过我还没找到米拉莱斯呢。"

"我们会找到他的,"孔琪坚定地说道,"波拉尼奥告诉你他住在哪儿了吗?"

"他住在第戎,"我说道,"或是第戎周边的某个地方。"

"那我们就从那儿找起。"

当晚我就拨通了电信公司国际信息查询服务的电话。接待我的话务员说无论是第戎市还是第戎所属的 21 省都没人叫安东尼或安东尼奥·米拉莱斯。我又问有没有人叫玛利亚·米拉莱斯,回答同样是否定的。我问有没有姓米拉莱斯的人，随即惊讶地听到她说一共有五个，一个生活在第戎市，还有四个生活在21省其他的村镇里：一个在隆奎克，另一个在马尔萨奈，还有一个在诺莱，最后一个在让利斯。我请她把五个人的名字和电话号码告诉我。"这不可能，"她对我说道，"我一次只能告诉你一个人的名字和号码。你要是想都知道就得再打四次电话过来。"

接下来的几天里，我陆续给住在第戎的米拉莱斯（他叫洛朗特）和其他四位分别叫作劳拉、达妮埃尔、让-玛丽和比恩韦尼多的米拉莱斯打去了电话。他们中的两人（洛朗特和达妮埃尔）是兄妹，除了让-玛丽之外的其他四人都能正确运用（或者说勉强使用）西班牙语交流，因为他们的祖上都是从西班牙移居到法国的，可是他们对我要找的米拉莱斯一无所知，压根就没有听说过他。

我没有气馁。也许是孔琪的话给了我盲目的自信，我又一次给波拉尼奥打去了电话。我把调查过程告诉了他，我问他有没有想到什么新的线索可以提供给我。他什么也没想出来。

"你可以编一编嘛。"他说道。

"编什么？"

"你对米拉莱斯的采访啊。这是你完成那本小说的唯一方法。"

那一刻我突然想起了波拉尼奥在我们第一次见面时提到过的我的第一本书里的那个故事，故事中有个男人引诱另一个人犯了罪，而目的只是帮助他自己写完小说。我突然明白了两件事，第一件事让我吃惊，第二件没有。第一件是相比较能和米拉莱斯说上话,写完那本书对我而言并没有那么重要;第二件是我和波拉尼奥的观点不同(和写第一本书时的自己的观点也不同),我算不得是个真正的作家,因为如果我是真正的作家的话,写完那本书应该比跟米拉莱斯见面交谈重要得多。我准备再次提醒波拉尼奥我要写的不是小说而是真实的虚构故事,所以编造对米拉莱斯的采访就是背叛了那种文体的特点,但我只是说了句:

"哦。"

回答很简短,但却并不表示认可;不过波拉尼奥并没有听出我的意思。

"那是唯一的办法,"他又重复了一遍,似乎觉得已经把我说服了,"而且是最好的方法。现实总是会背弃我们的;所以最好就是别给它留时间,我们要在它背弃我们之前先背弃它。真正的米拉莱斯一定会让你失望的,那就不如创造一个米拉莱斯出来——创造出来的米拉莱斯肯定比真实的米拉莱斯还要真实。而且你根本就找不到真的米拉莱斯。结果可想而知:他可能已经死了,死在养老院了,或是死在了他女儿家里。把他忘了吧。"

"我们最好还是把米拉莱斯忘了吧。"那天晚上我这样对孔琪说道。在经过了一段让人冷汗直冒的旅程后我来到了她位于夸尔特的住所,在瓜达卢佩圣母的犀利眼神和她收藏的我那两本书散发出的忧郁气息的笼罩下,我和她在客厅进行了一番激烈的讨论,"结果可想而知:他可能已经死了,死在养老院了,或是死在了他女儿家里。"

"你找过他女儿了吗?"孔琪问道。

"找了，但是没找到。"

我们对视了一秒，两秒，三秒。然后我没说任何话，站了起来，走到电话跟前，再次拨通了电信公司国际信息查询服务的电话。我对话务员（我觉得自己认出了她的声音，她应该也认出了我的）说我在找一个生活在第戎某养老院里的人，我问她第戎有多少家养老院。"啊呀，"她停顿了一下，说道，"有很多啊。""很多是多少呢？""三十几家吧，可能有四十家。""四十家养老院！"我望向孔琪，她坐在地上，只穿了件衬衫，正在强忍住笑。"难道第戎城里全是老人吗？""电脑里并没有显示全是养老院，"她强调道，"只显示是疗养院。""那么整个省里有多少家呢？"又一阵停顿后她说道："两倍还多。"她用很轻微但是可察觉的嘲讽语气补充了一句："我一次只能给你一个电话号码。按字母顺序给你报吗？"我想着这是搜寻的末尾了：去验证米拉莱斯是否住在那八十多家疗养院中的一个将用掉我几个月的时间，肯定会把我搞得筋疲力尽，而且没有任何迹象表明他确实生活在那种地方，我甚至不知道他到底是不是我一直在寻找的利斯特手下的士兵。我又望向孔琪，她的眼神里充满疑问，双手正不耐烦地敲打着裸露的膝盖；我望了望瓜达卢佩圣母像旁边那两本我写的书，不知为何，我想起了丹尼尔·安赫拉斯。于是，好像是在对什么人复仇一样，我说道："对，按字母顺序报给我吧。"

我的电话朝圣活动就那样开始了，一直持续了一个多月的时间，每日不断，我首先给第戎市里的养老院打电话，然后再给省里其他地区的打。过程都一样。我先是给电信公司国际信息查询服务打电话，要来养老院的名字和电话（最开始的几家叫阿布里克肖、巴加泰勒、塞耶里尔、尚贝坦、尚斯、埃贝隆、方丹蒙特、克耶曼和利奥泰），然后再给养老院打电话，询问那里是否住着一位姓米拉莱斯的先生，得到的回答总是没有，于是我就会再给电信公司国际信息查询服务部打电话，要来新的电话再次尝试，一直到我累了为止；第二天（或者隔上一天，因为有时候我没有时间或是没有意愿去玩那种魔障式的轮盘赌）我又会重复上述行为。孔琪一直在帮我。现在想来，多亏当时有她帮忙，不然我肯定一早就放弃寻找米拉莱斯了。我们有时会躲起来偷偷打电话，我从报社打，她从电视台工作室打。然后每天晚上我们都会交流经验，并且把已经否定的养老院的信息进行互换，在那些讨论中我明白了每天打一堆电话去寻找一个我们压根就不认识，甚至不知道他是否还健在的人的行为对于孔琪而言是一种紧张刺激的冒险；而我受到了孔琪那种侦探式的热情和坚定信念的感染，最开始也充满激情地去打电话，可是在给三十多家养老院打过电话之后我开始怀疑自己的行为是否更多是出于习惯或是固执（或是为了不让孔琪失望），也可能是因为自己还抱着一丁点找到米拉莱斯的希望。

奇迹发生在某个晚上。我写完了一篇简讯，完成了当天的撰稿任务，然后就开始给枫丹勒第戎镇上的尼姆菲斯养老院打电话，我问到米拉莱斯，没有听到往常的否定回答，反而迎来了一阵沉默。我以为对方已经把电话挂断了，正准备像往常一样挂上电话时却突然听到电话那端传来了一个男性的声音：

"你好？"

我重复了一遍刚才对接起电话的女性提过的问题,那也是我们那么多天里愚蠢地给21省不同的养老院提过的相同的那个问题。

"我就是米拉莱斯,"那个男人用西班牙语回答道——惊讶使得我没意识到蹩脚的法语出卖了自己西班牙人的身份,"是哪位找我?"

"您是安东尼·米拉莱斯吗?"我的声音有些细微。

"安东尼或安东尼奥,都一样,"他说道,"不过您还是叫我米拉莱斯吧;所有人都这么叫我。您是哪位?"

我觉得有些难以置信,可能是因为在我心里压根就没想过能真的和米拉莱斯说上话,我都没有准备好怎么做自我介绍。

"您不认识我,但是我找了您很久了。"我即兴作答,发觉自己的嗓子在抽动、声音有些颤抖,为了掩饰自己的窘相,我立刻报上了名字,告诉了他我是从哪里打去的电话,然后补充道,"我是罗贝托·波拉尼奥的朋友。"

"罗贝托·波拉尼奥?"

"对,海洋之星野营地,"我解释道,"在卡斯特尔德菲尔斯。那是很多年前的事了,您和他……"

"当然啦!"他突然的打断让我轻松了许多,但更多的是感激,"那个守夜人!我都快把他忘啦!"

趁着米拉莱斯回忆他在海洋之星度过的数个夏天以及他和波拉尼奥的友谊的工夫,我思考着应该如何请求他接受我的采访;我决定单刀直入,直接把问题抛出来。不过米拉莱斯还在不停地谈论波拉尼奥。

"他现在怎么样啦?"他问道。

"当了作家,"我答道,"在写小说。"

"那时候他就在写小说。不过没人愿意出版。"

"现在可不一样了,"我说道,"他现在是知名作家了。"

"真的吗?我可真高兴:我一直觉得他很有才华,而且是个撒谎精。不过我觉得要当出色的小说家就必须是个撒谎精,不是吗?"我听到他发出了一种简短、干涩又遥远的声音,像是笑了一声,"好了,我能为您做点什么呢?"

"我正在调查内战中的一个事件。在巴尼奥莱斯附近科耶里的圣塔玛利亚教堂曾经有一场针对国民军囚犯的枪决。是内战末期发生的,"我没有等到米拉莱斯的回应,于是只好开门见山地继续说道,"您当时在场,是吗?"

在接下来的让人感觉无穷无尽的几秒钟里,我听到了米拉莱斯沉重的呼吸声。我心中一阵狂喜,但却没有出声,我知道自己肯定找对人了。米拉莱斯再次开口时,他的声音变得缓慢而低沉了,就像变了个人似的:

"这是波拉尼奥告诉你的?"

"是我猜的。波拉尼奥给我讲了您的经历。他说您在整个战争期间都在利斯特手下当兵,一直跟着他从加泰罗尼亚撤退到法国。执行枪决那会儿利斯特手下的很多士兵就在科耶里。所以我猜您可能是其中之一,对吗?"

米拉莱斯又沉默了一会儿;我又听到了那沉重的呼吸声,然后是一阵噼啪响声:我想他可能是点了根烟;电话那头传来一阵听上去很遥远的法语对话。米拉莱斯依旧保持沉默,我开始暗自责怪自己太冒进了,但是在我试图纠正错误之前我终于又听到了他的声音：

"您告诉过我您是作家,对吗？"

"不是,"我说道,"我是个记者。"

"记者,"他又沉默了一会儿,"您想写关于那件事的东西？您觉得您报纸的读者真的会对发生在六十年前的那段历史感兴趣？"

"我不是为了给报社写东西。我正在写一本书。您看,可能是我没解释清楚。我只是想跟您聊一聊,为了听听您的讲述,也是为了更真实地展现那段历史,或者按照您的版本来展现那时发生的事情。我没想取悦任何人,就是想试着搞清楚……"

"搞清楚？"他又打断了我,"别逗我笑了！您根本什么都没搞清楚。战争就是战争,没什么好搞清楚的。这些事我太明白了,我为西班牙浴血奋战了三年,您知道吗？您觉得有人为此感谢过我吗？"

"也正是因此……"

"闭上嘴听我说,年轻人,"他再次把我打断,"回答我:您认为有人感谢过我吗？还是我来回答吧:没有。从来就没有人谢过我,哪怕我曾用整个青春来为那个狗屁祖国出生入死。没人谢过我,一句话都没有,一个动作都没有,一封信都没有,什么都没有。六十年过去了,现在您为了您那操蛋的报纸或书或随便什么玩意找上门来,问我是不是参与了那次枪决。您为什么不直接指责我是个杀人犯呢？"

米拉莱斯说话的时候我想到了这样一句话:"历史上发生的所有事件中,最可悲的是西班牙内战,这一点不容置疑,因为它的结局糟糕透顶。"我随即想道:结局糟糕透顶?紧接着我又想:让社会转型见鬼去吧!

"很遗憾我让您误会了,米拉莱斯先生……"我说道。

"是米拉莱斯,妈的,米拉莱斯!"米拉莱斯吼道,"我这见鬼的一辈子从来没人叫我米拉莱斯先生。我叫米拉莱斯,就只是米拉莱斯。明白吗?"

"我明白,米拉莱斯先生,不,不,米拉莱斯。但我还是要强调一下我们之间产生了误会。如果您允许的话我愿意解释清楚,"米拉莱斯没有说话,于是我继续说道,"几个星期前波拉尼奥给我讲了您的经历。那之前我在写一本关于拉斐尔·桑切斯·马萨斯的书,不过那时已经放弃了。您听说过这个人吧?"

米拉莱斯过了一会儿才回答了我的提问,但却并不是在犹豫。

"当然了。您是指那个长枪党人,是吧?何塞·安东尼奥的朋友。"

"没错。他是科耶里枪决的两个幸存者之一。我的书写的就是他,也就是那场枪决的事情,还要写枪决之后帮助他活下来的人,其中包括一个利斯特手下的士兵,他当时救了桑切斯·马萨斯的命。"

"我跟这些有什么关系?"

"另一个枪决幸存者留下了一些证言,他写了本叫《我被共和党人杀死了》的书。"

"什么破名字!"

"对,但是书写得挺好,把在科耶里发生的事讲得很详细。可是我手头没有掌握任何共和国这边的人对那件事的看法，如果缺了这个的话，那本书就注定是有缺陷的。波拉尼奥给我讲述您的经历的时候，我就觉得也许您当时就在科耶里枪决的现场，可能您愿意给我讲讲您对那件事的记忆。这就是我的目的：和您聊一会儿，听听您的版本。仅此而已。我向您保证，在得到您的允许之前不会发表任何与之相关的东西。"

我又听到了米拉莱斯的喘息声，喘息声时不时会被电话那端令人不解的法语交谈打断。米拉莱斯再次开口时，我发觉他的语气又恢复到了我们刚通话时的样子，于是我知道自己的解释起作用了。

"您是怎么找到我的电话的？"

我解释了来龙去脉。米拉莱斯开心地笑了起来。

"您看，塞尔卡斯，"后来他又开始说话了，"我是不是该叫您塞尔卡斯先生啊？"

"叫我哈维尔就好。"

"好的，那就哈维尔吧。您知道我的年龄吗？我今年八十二岁了。我已经老了，累了。我结过婚，后来老婆没了。我还有过一个女儿，后来也没了。我还得了栓塞症，正在恢复中。我的时间大概不多了，我唯一的愿望就是安安静静地把它过完。请相信我：现在已经没人会对那些事感兴趣了，就连我们这些经历过内战的人也是如此；有一段时间还有人在意，现在已经没了。有人决定要让大家都把它忘掉，您明白我的意思吧？很可能那种做法是有道理的；那些事情一半是无意撒的谎，还有一半是有意撒的谎。您还年轻；相信我，我很感激您能给我打电话,但是您最好还是听我的话,丢掉那些愚蠢的想法,拿那些时间去做点别的事情吧。"

我试图坚持,但却没起作用。在挂电话之前米拉莱斯托我代他向波拉尼奥问好。"跟他说我们斯托克顿见。"他说道。"哪里?"我问了一句。"斯托克顿,"他重复道,"你就这么跟他说,他会明白的。"

我打电话给孔琪,说我们找到米拉莱斯了,她高兴极了;可是当我说他不想见我时,孔琪又转喜为怒了。

"那我们就白做这么多事了?"她喊道。

"他不愿意,孔琪,咱们都该理解他。"

"难道一句不愿意就算了?"

"孔琪,别这样。"

我们争论着。我试图说服自己,也试图说服她。

"听着,你得做一件事,"最后她说道,"给波拉尼奥打电话。你从来就不听我的,但是他能说服你。你要是不打就由我来打。"

一方面是我早就有此打算,另一方面也是为了不让孔琪打电话,于是我拨通了波拉尼奥的号码。我跟他讲了我和米拉莱斯之间的谈话,也讲了那位老人拒绝了我见面的请求。波拉尼奥什么也没说。这时我突然想起了米拉莱斯让我转达的口信,于是我就把那句话告诉了他。

"这个老家伙,"波拉尼奥抱怨着,语气带着点自负和嘲弄,"他还记得那事儿呢。"

"什么事啊?"

"斯托克顿的事情。"

"斯托克顿的什么事情?"

在一段很长时间的沉默之后,波拉尼奥用另一个问题代替了回答:

"你看过《富城》吗?"我回答说看过。"米拉莱斯很喜欢那个电影,"波拉尼奥继续说着,"他经常在他房车防雨罩下面的电视上看它。他有时也会去卡斯特尔德菲尔斯,我记得有个下午他连看了三场电影,把宣传栏里列出来的电影都看了,他根本不在乎自己看的是什么。我有时候会利用几天休息日到巴塞罗那去,有一次就在卡斯特尔德菲尔斯碰到了他,我们一起喝了巴旦杏仁饮料,然后他提议让我陪他看电影,我也没什么别的安排,就答应了。现在想想还觉得不可思议,在那么一个避暑小城里竟然会放约翰·休斯顿的电影,不过事情也恰恰就是在那个时候发生的。你知道'富城'是什么意思吗?其实就相当于'机会之城'或是'美妙之城',或者再夸张一点,'完美之城'!真是太讽刺了!因为斯托克顿,也就是电影里的那座城市,简直糟糕透了,根本就没有机会,没有生气,有的只是失败,而且是那种彻头彻尾的失败。这很有意思:几乎所有的拳击电影讲的都是主人公的起起伏伏,讲他达到巅峰,然后走向失败,最后被人遗忘;可那部电影不是:在《富城》里,两个主人公中,一个老拳击手和一个年轻拳击手,没有一个有成功的希望,甚至他们身边的人也是如此。例如那个行将就木的墨西哥老拳击手,我不知道你还记不记得那个人物,他在走上拳台之前就尿血了,而且总是独自一人在黑暗中走入赛场,最后再以同样的方式离开。好了,那天晚上,在看完电影之后,我们去了一家酒吧,坐在吧台上点了啤酒,我们就在那儿边聊边喝,一直聊到很晚,我们的面前有一面大镜子,从里面可以看到整间酒吧的情况,这和《富城》结尾那两个斯托克顿拳击手的遭遇差不多,也许就是因为那种巧合,再加上酒精的作用,使得米拉莱斯在某个时刻说他觉得我们最后也会是同样的下场,在一座冰冷的城市中孤独地接受失败的命运,在走上空荡比赛馆中的拳台和自己的影子做殊死搏斗之前就会尿血。当然了,米拉莱斯的原话不是这样,这是我现在总结出来的,但他的原话也和这差不太多。那天晚上我们一直在笑,我们在清晨时分才回到野营地,然后发现所有人都在睡觉,酒吧也已经关门了,我们继续聊着,继续低声笑着,就像是在葬礼或是类似场合偷笑的人一样,你懂的。后来我们道了别,我在黑暗中摇晃着身子向着自己的帐篷走去,就在那时米拉莱斯叫了我一声,我转过身,望着他,他肥大的身躯被熹微的路灯光芒照射着,他直直地站着,高举着紧握成拳的一只手,在他那沉闷的笑声重新响起之前,我听到他在全野营地都在熟睡的安静氛围中嘟囔了一句:'波拉尼奥,咱们斯托克顿见!'从那天开始,每当我们要说明天见或是下个夏天见时,米拉莱斯总会加上这么一句:'咱们斯托克顿见!'"

我俩都陷入了沉默。我想波拉尼奥可能是在等着我做出点评价,但是我做不到,因为我正在流泪。

"好了,"波拉尼奥说道,"你现在打算怎么办呢?"

"操他妈的!"我把情况告诉孔琪之后,她喊叫道,"我就知道波拉尼奥能说服你!咱们什么时候出发?"

"不是咱们两人一起去,"我说道,我认为孔琪的出现可能会给与米拉莱斯的谈话增添麻烦,"我要一个人去。"

"别犯傻了！明早咱们就开车出发,转眼就能到第戎。"

"我已经决定了,"我坚持着,因为我觉得开着孔琪的那辆大众汽车去第戎要比勒克莱尔的部队从马格里布行军到乍得还危险,"我坐火车去。"

就这样我在周六的下午在火车站辞别了孔琪("替我向米拉莱斯先生问好。"她对我说道。"是米拉莱斯,孔琪,"我纠正道,"不能加'先生'。")。我坐上了开往第戎的火车,就像是搭上了开往斯托克顿的列车一样。那是一趟卧铺列车,因为需要夜间行驶,我记得那天晚上我坐在餐车松软的皮座椅上,看着窗外不断闪过的夜景,心里想着米拉莱斯,喝酒吸烟,一直待到很晚。次日清晨五点,口干舌燥、睡意蒙眬、晕头转向的我在第戎站下了车,我在熹微灯光的照射下走出了冷清的站台,坐上一辆出租车,它把我载到了维克多·雨果旅店,那是家位于夫勒尔路的小家庭旅馆,离市中心不远。我走进房间,在水龙头上喝了口水,冲了澡,躺在了床上。我想试着睡一会儿,但是没能成功。我又想起了米拉莱斯,我马上就要见到他了,紧接着我想到了桑切斯·马萨斯,我永远都不可能见到他本人了;我又想到了那次可能发生在这两人中间的相遇,六十年前,在那个距离第戎有几乎上千公里远的地方,在那个残酷清晨的大雨中发生的那场相遇。我想着自己很快就能知道米拉莱斯是不是利斯特手下那个救了桑切斯·马萨斯性命的士兵了,还能知道他盯着桑切斯·马萨斯的双眼时心里在想些什么,还有他为什么要救他,然后我可能就终于能理解那次事件中的所有谜团了。我翻来覆去地想着所有这些事情,我开始听见清晨最早的声音了(走廊上的脚步声、窗外的鸟叫声和急促的汽车马达声),隔着百叶窗,我感受到了黎明的降临。

我下了床,拉开百叶窗,打开窗户:早晨的阳光照亮了满是橘树的花园,再远一点是一条宁静的街道,可以看到街边立有众多双坡屋顶的房屋;只有时不时传来的鸟啼声才会打破这份宁静。我穿好衣服,在旅店饭厅里吃了早饭;吃完饭后,感觉立刻去尼姆菲斯养老院的话时间还早,于是我决定到城里走一走。我从没来过第戎,大约四个小时前,我曾坐在出租车上在其中穿行,街道两侧的楼房像是史前动物的尸体,我睡眼蒙眬地看着古朴的墙面和闪烁着的电子广告,我感觉第戎属于那种庄严的中世纪城市,只有到了夜间才会苏醒过来,露出它的本来面目,展现它那副属于古老荣耀的腐化骸骨;此时此刻,与昨晚的情况相反,我走上夫勒尔路,又拐进罗塞斯路和德斯夫赫斯路,一直走到了达西广场。那个时间的凯旋门周围已经车水马龙了,此时的我又感到第戎应该是那种笼罩着悲伤气息的法国城市,西默农[1]笔下的阴郁男女就在那里犯下一桩桩让人心碎的罪行,在那种城市里你看不到喜悦,也看不到未来,就像斯托克顿一样。尽管空气还有些凉,太阳也没有完全升起,我还是坐到了格朗吉耶广场上一家咖啡馆的露天座位上喝着可口可乐。露天座位右侧的石路上有一些流动摊贩,再远处就是圣母教堂了。我付了可乐的费用,好奇地逛了逛那些摊位,最后穿过街,进了圣母教堂。最开始我以为里面没人,可是除了听到自己在这哥特式建筑中行走的脚步

---

[1] 乔治·西默农(1903—1989),比利时法语作家,创作了许多推理作品。

声之外,我还看到一个女人刚刚在侧方的神坛处点燃了一支蜡烛,此时她正在经书架上打开的本子上写着什么。我走近神坛,女人停下了笔,转身离开了。我们在半路打了个照面:她很高,很年轻,身上带着股高雅的气质,可是却面色苍白。我走到神坛边,忍不住看了看她写在本子上的话:"上帝,请在这黑暗的时代帮帮我和我的家人吧。"

我离开教堂,拦下了一辆出租车,把枫丹勒第戎镇上的尼姆菲斯养老院的地址给了司机。二十分钟后,出租车停在了戴斯路和孔波特路的交叉口,那里矗立着一幢长方形建筑,主墙面是浅绿色的,建筑上有许多小阳台,前方是一个带有水塘的花园,花园里还有好几条沙土小路。我在接待台说我要找米拉莱斯,一个修女打扮的女孩看了看我,她的眼神中透着好奇和惊讶,然后问我是不是米拉莱斯的亲戚。我把真实情况告诉了她。

"那就是……朋友?"

"差不多吧。"我答道。

"他住在 22 号房,"她指了指一条走廊,补充道,"不过我刚才看见他从那儿走过去了:可能是去电视厅或是花园了。"

走廊的尽头是一个大厅,大厅的窗外是花园,里面有一个大喷泉和许多躺椅,好几位老人正盖着方格毯子,叉着腿躺在上面享受着正午的阳光。厅里有两位老人,一男一女,正坐在仿皮座椅上看电视;我走进厅里时他们都没有回头看我。可是我不由自主地注意到了那个男人:他的太阳穴处有条伤疤,沿着颧骨、脸颊、下颚一直延伸到脖子上,最后在灰色法兰绒衬衫领口处露出的胸毛中隐去了踪影。我立刻就反应过来了,那就是米拉莱斯。我呆立在原地,仓促思索着该如何上前攀谈,可是并没有成功。我有些迷离,感觉心脏已经跳到嗓子眼了,我只好坐到了他旁边的扶手椅上。米拉莱斯没有转身,但是他肩膀的轻微抖动告诉我他察觉到了我的出现。我决定等待,于是调整了个舒适的姿势,开始看电视:屏幕上有阳光的反射,节目中的主持人头发光亮,情绪饱满,嘴角却挂着苦笑,正在给参赛者做着讲解。

"我早就在等您了,"过了一会儿,米拉莱斯先开了口,他的声音很小,眼睛也没有从屏幕上移开,"您来得有点晚。"

我看着他那略显僵硬的外表:一头直直的灰发,如小型灰白色灌木林般的胡须围绕在那条骇人的伤疤周围,他的鼻子扁塌,下巴轮廓清晰,隆起的肚子直欲把衬衫扣子绷开,他的手背布满老人斑,粗大的手掌正握着根白色的拐杖。

"有点晚?"我说道。

"都快到午饭时间了。"

我什么也没说,继续盯着电视屏幕,节目里正在进行家用电器猜奖比赛,除了主持人那不知疲惫的声音和走廊上传来的打扫卫生的声音之外,大厅里此时没有任何其他的声响。离米拉莱斯有三四把扶手椅远的地方,那个老太太依旧一动不动地坐着,用手托着腮,她的手颜色惨白,蓝色的血管清晰可见;有那么一阵子我以为她已经睡着了。

"跟我说说,哈维尔,"米拉莱斯说道,就好像我们已经聊了很久了,而刚才只是短暂停歇下来休息似的,"您喜欢看电视吗?"

"喜欢,"我盯着从他鼻孔中伸出的几根白色鼻毛答道,

"可是不经常看。"

"那么我刚好相反,我一点也不喜欢看电视,可是我看得很多:比赛、简讯、电影、节日庆典、新闻报道,什么都看。您知道吗?我已经在这里生活五年了,就像是与世隔绝了一样。我觉得报纸很无聊,从很久之前起我连广播也不听了,多亏有电视我才能知道外边的情况。比如这个节目吧,"他微微抬了一下拐杖,"我这辈子就没见过这么蠢的事情:人们得去猜每件物品的价格是多少;猜中了,东西就是你的了。你看看这些人开心成什么样了,你看看他们笑的那样子,"米拉莱斯停顿了一下,毫无疑问是为了给我留时间验证他观察的准确性,"现在的人比我那个时代的人幸福多了,活得久的人肯定都这么觉得。所以每当我听到哪个上了年纪的人说未来会多么不好,我就知道他是因为自己活不到那时候而做着自我安慰,每次我听到某个专家说电视不好的时候,我也会觉得他是个蠢蛋。"

他动了动,把他那因年老而变得迟缓的战士的身躯转向了我,用他那绿色的眼睛注视着我,我惊讶地发现他的两只眼睛竟有些不一样:右眼因为伤疤的影响而处于半睁半闭的状态,没有什么活力,而左眼却睁得大大的,眼神中透出疑问和嘲讽的情绪。我发现自己刚进门时感觉米拉莱斯的外表有些僵硬,那只是因为我看到的是他受伤疤影响的半边身子,其实他的另一边身子充满活力和激情。有一刹那我甚至感觉在他的身体里同时居住着两个截然不同的灵魂。我被米拉莱斯的突然靠近吓了一跳,我不自觉地想着那些萨拉米斯的老兵身上是不是也都带着这种自相矛盾的气质。

米拉莱斯问道：

"您吸烟吗？"

我作势要从外套口袋里掏烟出来，可是米拉莱斯却制止了我。

"在这儿不行，"他一只手撑着扶手椅，一只手用拐杖撑地，还拒绝了我的帮助（"把手拿开，拿开，需要你帮忙的话我会说的。"），他费力地站了起来，向我下了命令，"来，咱们出去走走。"

我们正要走去花园的时候，在走廊上出现了一个大约四十岁的修女，她身材瘦高，皮肤有点黑，脸上挂着微笑，身穿白色上衣和灰色长裙。

"多米妮克修女对我说有人来探望您，米拉莱斯，"她向我伸出了苍白纤瘦的手，"我是弗朗索瓦丝嬷嬷。"

我和她握了手。米拉莱斯很明显有点不太自在，就像是做坏事时被抓了现行，他撑着半开的门，给我们做了介绍：他说这是弗朗索瓦丝嬷嬷，是养老院的负责人，然后又说了我的名字。

"他给一家报社工作，"他补充道，"想给我做个采访。"

"真的吗？"嬷嬷又笑了，"关于什么的呢？"

"没什么重要的，"米拉莱斯说道，他用眼神示意我赶紧到花园里去，于是我就那么做了，"是关于一起发生在六十年前的凶杀事件的。"

"我很高兴，"弗朗索瓦丝嬷嬷笑着说道，"您终于要开始忏悔您的罪过了。"

"吃屎去吧，嬷嬷。"米拉莱斯告了别。"您瞧见没，"在我们一起朝着比躺椅上的老人们所在位置还要更远的长有白睡莲的水塘走去时,他咒骂道,"我一辈子都在和那些僧侣、修女做斗争,结果最后还是落到他们手上了,周围全是修女,连烟都不让我抽。您信教吗?"

我们走下一条沙土路,周围围了一圈杨木栅栏。我想到了那天早晨在圣母教堂看见的气质高雅却面色苍白的女人,想起她点燃蜡烛写下祈祷文时的样子,可是在我回答之前米拉莱斯就抢先替我作答了:

"这问题太蠢了!现在除了那些小修女已经没人再信教了。我也不信,您知道吗?我这人缺乏想象力。如果等到我死了,能有人在我坟前跳支舞,那我就很开心了,不是吗?可是弗朗索瓦丝嬷嬷肯定不会那么干,她会做场弥撒,让我安息。不过我也不抗拒她那么做。您喜欢弗朗索瓦丝嬷嬷吗?"

由于我不确定米拉莱斯喜不喜欢她,我只好说,我对她还没有太多想法。

"我没问您有什么想法,"米拉莱斯说道,"我只是问您喜不喜欢她。您要是替我保密的话,我就把实情告诉您:我特别喜欢她。她人长得漂亮,很有亲和力,还很聪明。另外,还很年轻。对一个女人你还能有什么别的要求吗?她如果不是个修女的话,我早就摸她屁股了。但是,当然了,既然她是个修女……我就只能自认倒霉了!"

我们从地下车库入口跟前穿过,走出了沙土路,然后又开始了一段上坡路,米拉莱斯紧握着拐杖,步伐出人意料的轻快,我走在他身后,害怕他会突然摔倒。我们走过一个小土坡,在一小片草地上有一把木头长椅,直冲着车流稀少的孔波特路,更远处是一排排两个一组的房屋。我们在长椅上坐了下来。

"好了,"米拉莱斯把拐杖靠在长椅边缘说道,"现在把烟拿来吧。"

我把烟递给了他,给他点着火,又给我自己也点了一根。米拉莱斯大口大口地吸着,显得很高兴。

"养老院里不允许吸烟吗?"我问道。

"哪儿的话啊!实际上是那里基本没人吸烟。我一查出栓塞症,医生就禁止我吸烟了。这两件事有什么关系嘛!不过我还是经常钻进厨房,偷厨师一根烟,然后回屋子里抽,或者就来这儿抽。您觉得这儿视野怎么样?"

我不想突然问他问题,而且我挺喜欢听他讲自己的事情的,因此我们聊了好一阵子他在养老院的生活,还聊了他在海洋之星的经历以及他和波拉尼奥之间的事情。我发现他的思路很清晰,记忆力也很好,就在我听他讲述的时候,我突然想到如果我父亲还活着的话,他应该和米拉莱斯同龄;这让我觉得很神奇,比我在那个时间、那个地点突然想起自己的父亲还让我觉得神奇。我觉得虽然父亲已经去世六年多了,但他其实没有真正死去,因为依然还有人记得他。后来我又想到其实不是我记得父亲,而是父亲为了让自己不真正离开这个世界而紧紧地抓住了我的记忆。

"不过您来这儿可不是为了谈这些事的,"在某个时刻米拉莱斯突然打断了我们的话题,在此之前我们早就把烟都吸完了,"您是来聊科耶里的。"

我不知道该从何谈起,于是说道:

"这么说您当时真的在科耶里?""我当然在科耶里。别犯傻了,如果我不在那儿的话,您现在就不会来这儿了。我当然在那儿啦——我在那儿待了一个星期,也许两个星期,不可能再多了。那是1939年1月底,我记得很清楚,因为1月31日我们穿越了国境线,那一天我永远都不会忘记。我不明白的是我们为什么要在科耶里停留那么久。我们当时是埃布罗第五军的残余部队,大都是参加过整场战争的老兵,我们从夏天开始就一直在作战,一直打到前线崩溃,我们只能狼狈地向边境退去,国民军士兵和法西斯士兵就在我们屁股后面追。突然,就在离法国一步之遥的地方,我们停了下来。我们当然很想要喘息的时间,毕竟弦绷得太紧了;但是我们也不理解停歇那么多天到底是要干什么。当时有很多传言:有人说利斯特是准备打一场赫罗纳防御战,也有人说他是准备从不知道什么地方开始发动反击。真是愚蠢:我们当时既没有武器,也没有弹药,其他装备也没有,要什么没什么。事实上我们连一支部队都算不上,就是一群衣衫破烂、饿了几个月肚子、在树林中四散躲藏的人。事实就是如此,就像我跟您说的,不过至少我们得到了休息。您了解科耶里,对吧?"

"了解一点。"

"科耶里在巴尼奥莱斯地区,离赫罗纳不远。我们中的有些人在巴尼奥莱斯待了几天,还有些人留在附近的村子里,另一些人则被派到科耶里去了。"

"被派去做什么呢?"

"我不知道。事实上我觉得没人知道。您没发现吗?当时的局势一片混乱,大家都只想着活命。所有人都在下命令,可是没人服从命令。只要有机会,人们就会开溜。"

"您为什么没那么做呢?"

"逃走?"米拉莱斯望着我,好像他压根没想过会被问到这个问题,"我也不知道。我没想过要逃走。在那种时候人很难进行思考,你懂吧?而且我能逃到哪儿去呢?我的爸妈都死了,兄弟还在前线战斗……看,"他抬起拐杖,好像突然有什么东西助他脱离了窘境,"你看他们。"

在把养老院花园和孔波特路隔开的马路的另一头,在我们眼前,一队幼儿园小学生正在两个女老师的带领下过马路。我很后悔向米拉莱斯发问,因为那个问题(或者是他无力做出回答的状况,又也许只是因为孩子们的出现)似乎打断了他的回忆。

"和钟表一样准时。"他说道,"您有孩子吗?"

"我没有。"

"您不喜欢小孩?"

"我喜欢,"我想起了孔琪,答道,"但是我还没孩子。"

"我也喜欢小孩。"他冲着孩子们摇了摇拐杖,说道,"看那个淘气鬼,戴帽子的那个。"

我们沉默了一会儿,只是盯着孩子们看。我没什么想说的,可是却愚蠢地说了句哲学味儿十足的话:

"他们看上去总是那么幸福。"

"您说得不对,"米拉莱斯纠正我道,"不是'看上去',他们就是很幸福,我们也是一样。事实是我们和他们都没发现这一点。"

"您想说什么?"

米拉莱斯第一次露出了笑容。

"我们还活着,不是吗?"他用拐杖撑着挪了挪身子,"好了,午饭时间到了。"

我们往养老院走的时候我对他说道:

"您刚才在给我讲科耶里的事情。"

"能再给我来根烟吗?"

我就像是在行贿一样把一整包烟都递给了他。他把烟收在口袋里,问道:

"我给您讲到哪儿了?"

"您说您到科耶里的时候,局势一片混乱。"

"没错,"他很轻松地重拾了记忆,"您想想吧。我们都是幸存下来的士兵,当时指挥我们的是个巴斯克上尉,一个没什么能耐的家伙,我现在已经不记得他的名字了,我们的指挥官在离开巴塞罗那时被炸死了。那里还有民兵、狱卒和军事情报局的人。龙蛇混杂。我觉得没人知道我们到那儿去是要干什么,我猜是在等着上面下达穿越边境线的命令,那是我们当时唯一能做的事情。"

"你们不监视囚犯吗?"

他露出有点疑惑的神情。

"差不多吧。"

"差不多?"

"对,我们当然要监视他们,"他不情愿地说道,"我想说的是真正干那事儿的是狱卒。不过有时候在囚犯们出来透气或者做其他事情时,上面也会下令让我们和他们待在一起。

如果这就是您所说的监视的话,那么没错,我们是在监视他们。"

"你们知道那些囚犯都是些什么人吗?"

"我们知道那都是些大鱼。主教、军官、高级别的长枪党党员,都是些那样的人。"

我们走出了沙上路:刚才在晒太阳的那些老人已经离开了躺椅,现在正成群结队地在大楼和电视厅的入口处聊天,电视厅里的电视还开着。

"时间还早,让他们先进去吧,"米拉莱斯这样说道,然后拉着我的胳膊,让我和他一起在水塘边缘坐了下来,"您想谈谈桑切斯·马萨斯,是吧?"我点了点头,"人们说他是个好作家。您怎么看呢?"

"他是个还算不错的作家。"

"这是什么意思?"

"他是个好作家,但算不上是伟大的作家。"

"或者说他是个好作家,但也是个婊子养的家伙。就是这么回事,对吧?"

"您知道桑切斯·马萨斯当时就在科耶里吗?"

"当然知道!我怎么可能不知道呢,他可是最大的那条鱼啊!我们所有人都知道。我们全都听说过桑切斯·马萨斯,对他有足够的了解,或者说正是由于他的过错或者由于那四五个像他一样的人的过错,那些当年发生的事情才会发生。我不确定,但是我觉得他到达科耶里的时候,我们已经在那儿待了好几天了。"

"很有可能。桑切斯·马萨斯是在枪决之前五天到科耶里的。刚才您提到您是在1月31日穿越的国境线,而枪决是30日进行的。"

我正准备问他枪决那天他在不在科耶里,问他还记不记得那天发生的事情,米拉莱斯一边用拐杖顶端清理着地砖的缝隙,一边继续。

"前一天晚上上面让我们收拾好东西,因为第二天我们就要走了,"他解释道,"早晨的时候我们看到一些狱卒押着一群囚犯离开了修道院。"

"你们知道那些囚犯要被枪决吗?"

"不知道。我们以为囚犯是要去干活,或是要被释放了,那段时间大家都在讨论释放囚犯的事情。不过说实话,看那些人的表情就知道他们不是要释放那些囚犯的。"

"您认识桑切斯·马萨斯吗?您能在囚犯中认出他来吗?"

"不,我不知道……我觉得我不能。"

"不认识他还是不能认出他来?"

"不能认出他来。我自然是认识他的,我怎么可能不认识他呢!我们所有人都认识他。"

米拉莱斯说在那样的地方,像桑切斯·马萨斯那样的人不可能不引起别人的注意,所以和所有的战友一样,米拉莱斯也经常观察桑切斯·马萨斯,尤其是他和其他囚犯一起到花园里透气时。他还模糊地记得桑切斯·马萨斯的近视眼镜,他那犹太人式的长尖鼻子和皮外套,一段时日之后,他就是穿着同一件衣服面对佛朗哥阵营的镜头,以胜利者的姿态讲述他那些不可思议的冒险经历……米拉莱斯闭上了嘴,似乎连番的努力回忆使得他有些疲惫。从楼里传出了一阵餐具碰撞的声音,我瞥见电视屏幕熄灭了。现在花园里只剩下我和米拉莱斯两个人了。

"后来呢?"

米拉莱斯停止了用拐杖端头清理地砖缝隙的动作,大口吸了吸正午美好的空气。

"然后就没了。"他又把气长长地呼了出来,"事实是我记不清了,那时候的情况很混乱。我记得我们听到了枪声,然后大家就开始跑。有人喊着说囚犯要逃跑,所以我们就开始搜索树林,试图抓住他们。我不知道搜索持续了多久,不过时不时地还能听到枪响,应该是他们抓到哪个囚犯了。总而言之,我并不奇怪会有不止一个犯人从那里逃脱。"

"逃了两个。"

"我跟您说了我并不感到奇怪。那时候下起了雨,而且林子很密。至少在我的记忆中是那样的。总之,后来我们找累了(或者是有人下令让我们停止搜索),于是就回到了修道院,我们取了收拾好的东西,当天早晨就离开了。"

"也就是说,您觉得那不是一场枪决。"

"年轻人,别让我承认一些我没有说过的东西。我只是告诉您当时的真实情况是什么,或者说我的经历是什么。要怎么解读是您的事,记者不就是干这个的,不是吗?而且您得注意一件事情,如果说那个时候有谁值得被枪决的话,那肯定就是桑切斯·马萨斯:要是有人能早点把他干掉,把他和那几个和他一起谋事的人干掉的话,我们也许就能避免那场战争了。您不这么认为吗?"

"我不认为有人'值得'被枪杀。"

米拉莱斯又慢慢把头转向我,用他那双不一致的眼睛盯着我看,就好像是想从我的眼睛里找到对他那些复杂讽刺的回应一样。他露出了意味深长的微笑,有那么一刻我感觉他就要大笑起来了,不过他之前的严肃神情也随之缓和了。

"别跟我说您是个和平主义者!"他把一只手搭在我的肩膀上说道,"伙计,人们在变坏之前都是和平主义者!好了,"他撑着我的身子站了起来,用拐杖指了指养老院入口的方向,"咱们还得想想怎么搞定弗朗索瓦丝嬷嬷。"

我无视米拉莱斯的嘲讽,因为我觉得我能和他待在一起的时间已经不多了,于是我急匆匆地说道:

"我想再问您最后一个问题。"

"就一个?"他面冲着嬷嬷大声说道,"嬷嬷,记者说想再问我最后一个问题。"

"我觉得很好,"弗朗索瓦丝嬷嬷说道,"可是如果你的回答要用很多时间的话你就没有午饭吃了,米拉莱斯,"她冲我微笑着补充道,"您为什么不下午再来呢?"

"对啊,年轻人,"米拉莱斯高兴地附和道,"下午再来,咱们接着聊。"

我们约定我在下午五点钟,也就是午休和康复训练之后再过来。我和弗朗索瓦丝嬷嬷一起陪着米拉莱斯走到食堂。"别忘了带烟。"米拉莱斯在告别时低声对我说了一句。然后他就走进了食堂,坐在了两个头发花白的老人中间,那两位老人已经开始吃饭了,米拉莱斯冲我狡猾地挤了挤眼睛,好像我是他的同谋犯一样。

"你都干啥了啊?"往门口走的时候弗朗索瓦丝嬷嬷这样问道。

我以为她是指我偷偷塞给米拉莱斯香烟的事情,那烟此时就藏在米拉莱斯的上衣口袋里呢,我有点脸红。

"我干了什么?"

"他看上去很开心。"

"啊,"我松了口气,笑了,"我们在聊战争的事情。"

"哪一场呢?"

"西班牙内战。"

"我都不知道米拉莱斯打过仗。"

我很想告诉她米拉莱斯不仅参加过那场战争,还参加过许多许多场战争,可是我说不出口,因为在那一刻我仿佛看到米拉莱斯行走在利比亚沙漠之中,朝着迈尔祖格绿洲的方向行进,那时的他还很年轻,默默无闻,衣衫破烂,满身沙土,手里举着那个不是他的祖国的国家的三色旗,在那时,那个国家代表了所有的国家,它象征着自由,那时的法国已经投降了,可是米拉莱斯和四个北非人以及一个黑人依然举着三色旗不断前进,前进,一直前进。

"有人来探望过他吗?"我向弗朗索瓦丝嬷嬷问道。

"没有。最开始他的女婿来过,就是他女儿的丈夫,但是后来也不来了;我觉得他们最后闹得很不愉快。总之米拉莱斯不是个好相处的人,不过我向你保证,他有颗金子般的心。"

我听她提到几个月前发病的栓塞症让米拉莱斯的半边身子都瘫痪了,我感觉弗朗索瓦丝嬷嬷就像是个孤儿院院长,正努力让来访的人把不听话的孩子领养走;我还想到米拉莱斯可能不是不听话的孩子,但他确实算是孤身一人,我继而又想到等到米拉莱斯去世之后,为了不让自己彻底死去,他又会出现在什么人的记忆之中呢。

"我们都以为他没法恢复了,"弗朗索瓦丝嬷嬷说道,"但是他康复得很好:他就像公牛一样强壮。他抽烟,吃饭不放盐,这些都很不好,不过他已经习惯了,"到达接待台的时候她笑了笑,又伸出了手,"好了,那么我们下午见吧,好吗?"

在离开养老院之前我看了看表:刚过十二点。我有五个小时空闲时间。我沿着戴斯路走着,想看看能不能找到家小餐馆吃点东西,可是我并没有找到,因为这片区域的道路两旁都是居民区的房子,于是我一看到有出租车就拦了下来,请它把我带回市中心。它把我放在了一个半圆形广场上,勃艮第公爵宫就坐落在那里。我在正对公爵宫正门的方向找到了一家小餐馆,我在那里喝了两杯啤酒。从我坐的地方刚好能看到刻有广场名字的标牌:自由广场。我不由自主地想到了米拉莱斯在1944年8月24日晚从让蒂伊门进入巴黎的样子,那是最早进入巴黎的同盟军部队,他一定就守在自己的坦克旁边,那辆坦克要么叫瓜达拉哈拉号,要么叫萨拉戈萨号,或者叫贝尔奇特号。我旁边的露天座位上坐着的一对年轻夫妻正笑着逗弄着小婴儿;面无表情的人群在我们面前匆忙走过。我想着:他们中没有一个人知道那位半边身子已经行动不便、只能偷偷吸烟、此时正在距离此地几公里远的地方吃着不加盐食物的老人的存在,可是这里的所有人都亏欠他很多。我继续想着:他死去之后也没人会记得他。我似乎又看到了举着自由法国旗帜的米拉莱斯行走在炎热而没有尽头的利比亚沙漠中的样子,他在向迈尔祖格绿洲行进着,而如今在这个法国广场上,在欧洲所有的广场上,人们也都在匆忙地走着,有的是要去谈生意,有的连自己的目标都不知道,他们也不知道这个曾经就要逝去的文明就是靠前进着的、一直在前进的米拉莱斯挽救回来的。我又想起了桑切斯·马萨斯,想起了何塞·安东尼奥,我突然发现他们的理念没错,最后拯救文明的真的是一队士兵。我想:何塞·安东尼奥和桑切斯·马萨斯都没想到的是,拯救文明的那队士兵既不是他们,也不是其他什么人,而是四个北非人、一个黑人和一个因为走了背运偶然出现在那里的加泰罗尼亚车床工人,而且当时如果有人告诉他说,他会把我们所有人从那个黑暗的时代拯救出来的话,他一定会笑死的,他发笑的原因可能也恰恰在此,因为他从来没想过那时文明的存亡取决于他,他正在拯救文明,拯救我们所有人。而他最后得到的回报就只是一个不是他祖国的国度中的一座压抑至极的城市里的一家只有穷人才去的养老院的一个小房间,而且那里也许只有一个脸上总是挂着微笑、连他打过仗都不知道的瘦高修女会在他死后怀念他。

我在格朗吉耶广场的中央咖啡馆吃了午饭,那里离我吃早饭的地方很近,然后我又在拉波斯特路的露天座位上喝了咖啡和威士忌,还买了一整条香烟,然后才回到尼姆菲斯养老院。米拉莱斯让我进他房间时还不到五点,我有点意外地发现那里并不像我想象的那样脏乱,而是间很整洁的公寓,阳光也很充足。我匆匆瞅了一眼,公寓里有厨房、卫生间、一个卧室和一个四周都是光秃墙壁的小客厅,客厅里摆着一张桌子和两把扶手椅,透过窗户可以看到外面有一个正沐浴在午后阳光中的阳台。我把香烟递给米拉莱斯,权当再见面的礼物。

"别这么冒失,"他边说着,边撕开玻璃纸,取出两盒烟来,"您让我到哪里去藏这么一大条烟啊?"他把剩下的烟还给了我,"想喝杯雀巢咖啡吗?当然是不带咖啡因的,那玩意我确实不能碰。"

我并不想喝,但还是同意了。米拉莱斯在煮咖啡的时候问我觉得这间公寓怎么样,我说非常不错。他给我讲了养老院提供的其他服务(健康活动、娱乐活动、文化活动、卫生保洁),还讲了他每天都要做的康复训练。他煮好咖啡,我端起杯子准备把它们拿进客厅,可是他做了个动作阻止了我:他打开一个柜子,像杂技演员一样灵活地把半个身子探了进去,最后成功取出了一个扁平小酒瓶。

"要是不加点这玩意,"他在每个杯子里加了一点酒瓶里的液体,"可真是喝不下去。"

米拉莱斯把酒瓶放回原处,我们每个人端着自己的杯子坐到了客厅的扶手椅上。我喝了一口咖啡:米拉莱斯加进去的是白兰地。

"好了,您决定吧,"米拉莱斯看上去有点开心,甚至还有点得意,他舒服地坐在扶手椅上,搅拌着咖啡,说道,"咱们继续没聊完的话题?我觉得我已经把我知道的情况都告诉您了。"

我突然觉得继续发问是件很让人羞愧的事情,我非常想对米拉莱斯说,虽然现在我已经没有更多问题要问了,但我还是愿意待在那儿,和他聊一聊,一起喝咖啡,有那么一瞬间我感觉自己已经完全了解米拉莱斯了,不知为何我想起了波拉尼奥,想起了他发现米拉莱斯和露丝在房车的防雨罩下跳舞的那个夜晚,那一刻波拉尼奥突然发现自己在野营地的工作生涯已经到头了。我想着波拉尼奥和我的书,想着萨拉米斯的士兵和孔琪,想着这好几个月来我一直在追寻救下桑切斯·马萨斯的士兵的经历,想着那个士兵的眼神和答语中的含义,想着自己试图寻找那个六十年前在监狱花园里突然跳起也许和米拉莱斯与露丝在卡斯特尔德菲尔斯的野营地的防雨罩下跳的同一支双步舞曲的那个男人。我没有再发问;就像是提到一件米拉莱斯还不知道的事情一样,我说道:

"桑切斯·马萨斯在那场枪决中活了下来,"米拉莱斯很有耐心地点了点头,同时喝着他那加了白兰地的雀巢咖啡,我继续说道,"是一个男人救了他,一个利斯特手下的士兵。"

我给他讲了整件事情。讲完之后,米拉莱斯放下了手中的空杯子,没有从椅子上站起来,只是斜了下身子打开了窗户,然后朝窗外望了望。

"一个小说般的故事。"他的声音不带任何感情色彩,从早晨那包香烟里抽了一根出来。

我突然想起了米克尔·阿吉雷,然后说道:

"也许吧。不过战争中总是充满小说一样的故事,不是吗?"

"只有没经历过战争的人才会这么说,"他吐出一口烟,还吐出来一点像是烟草一样的东西,"或者只有爱讲战争故事的人才那么说。那些人经历战争只是为了把它讲出来,而不是为了去作战。那个来到巴黎的美国作家叫什么来着……?"

"海明威。"

"对,海明威。真是个小丑!"

米拉莱斯不说话了,有点走神:他看着螺旋状的烟雾在阳台的阳光中缓慢地飘动,从外面时不时传来一阵汽车驶过的声音。

"利斯特的士兵的那个故事,"他又转头看着我,半边脸依旧僵硬,另半边脸上则挂着很复杂的表情,像是冷漠,又像是失望或厌烦,"是谁告诉您的?"

我解释了事情的来龙去脉。米拉莱斯点了点头,脸上挂着略显嘲讽的神情。下午刚见到我时的好心情明显已经不在了。我不知道该说什么,但是我知道自己必须说点什么;可是米拉莱斯却抢先开了口:

"老实告诉我,您对桑切斯·马萨斯和那场有名的枪决并不关心,对吗?"

"我不太明白您的意思。"我实话实说。他好奇地盯着我的眼睛。

"作家都不是什么好东西!"他突然大笑了起来,"所以说您一直在找的其实是一个英雄。而那个英雄就是我,对吗?真有意思!可是咱们不是都知道您是个和平主义者吗?您知道吗?和平年代是没有英雄的,除了那个总是半裸着身子的印度人①……不过他也算不得英雄,或者说直到他被人杀了才变成了英雄。只有死了或被人杀了的人才能成为英雄。真

---

① 指甘地。

正的英雄生于战争也死于战争。没有哪个英雄是活着的或是年轻的。全死了。死了,死了,死了。"他的声音有点沙哑;他停了一下,咽了口唾沫,掐灭了香烟,"您想再来杯这鬼东西吗?"

他拿着空杯子回到厨房。我从客厅里听到了他吸鼻子的声音;他回来的时候眼睛闪烁着亮光,但是已经平静下来了。我猜我当时是说了什么抱歉之类的话,因为我记得他在给我端来又一杯咖啡、坐回到扶手椅上之后不耐烦地打断了我,几乎有点生气。

"别说对不起,年轻人。您没做任何不对的事情。而且您这个年纪的人应该已经明白了男人是从来不说对不起的:男人做自己想做的,说自己想说的,然后不争不抗。但我还要给您讲一件您不知道的事情,一件关于战争的事情,"他喝了口咖啡,我也喝了一口,米拉莱斯已经往里面加过白兰地了,"1936年还有其他好几个小伙子和我一起上了前线。和我一样,都是特拉萨人;都很年轻,几乎还是孩子,当然我也一样;其中有几个我见过,或是跟他们说过话,但是大部分我都不认识。那几个我认识的人是加西亚·塞盖斯兄弟(若昂和莱拉)、米克尔·卡尔多斯、加比·巴尔德里奇、皮波·卡纳尔、'胖子'奥德纳、桑地·布鲁加达和约迪·古达约尔。我们一起参加了两场战争:内战和二战,虽然其实是一回事。他们中没人活到最后,都死了。最后一个死的是莱拉·加西亚·塞盖斯。最开始我和他哥哥若昂处得最好,因为我们是同龄人,不过后来莱拉成了我最好的朋友,这辈子最好的朋友——我们亲密无间,有时连话都不用说就知道彼此在想什么。他是

1943年夏天死的,死在的黎波里附近的一个村子里,被一辆英制坦克压死了。您知道吗?从战争结束的那天起我没有一天不在想他们。他们都那么年轻……全死了。全都死了。死了。死了。所有人。他们没有一个享受过生活:从没有得到过只属于自己的女人,从来都不知道有孩子是什么样的感觉,不知道自己三四岁的孩子某个周日清晨在被阳光照亮的房间里躺在自己的老婆和自己中间是什么滋味……"米拉莱斯不知从何时起开始流泪了:他的脸色和嗓音都变了,几行热泪飞速从他的伤疤上流过,比在他那被胡须遮住的脸颊上流动得更快,"有时我会梦到他们,一梦到他们我就很自责:我能看见他们所有人,但是我触摸不到他们,他们开着玩笑,冲我打着招呼,他们还和当年一样年轻,因为时间对他们而言已经静止了,他们还是那么年轻,都在问我为什么没和他们在一起,就像是我背叛了他们,好像我真正应该在的地方是他们那里;又好像我夺走了本属于他们中的某个人的位置;好像实际上我已经在六十年前在西班牙或非洲或法国的某个战壕里死去了,而我之后结婚生子、和您交谈、将在这家养老院的这个房间中死去的生活都是一场梦。"米拉莱斯继续说着,语速更快了,连眼泪都没去擦,任由它沿着脖子滑落,沾湿他的法兰绒衬衫,"没人记得他们。您明白吗?没人。甚至没人记得他们是为了什么而死的,没人记得他们为什么没有老婆孩子,为什么连一间晒着阳光的房间都没享受过;没人,甚至那些他们为之献出生命的人也不记得。现在没有、以后也不会有任何一个操蛋国家的破败村庄的老旧街道会以他们之中某个人的名字来命名。您明白吗?您能明白我的意思,是吗?哎呀,不过起码我还记得,岂止是记得,他们所有人的名字我都不会忘记,莱拉、若昂、加比、奥德纳、皮波、布鲁加达、古达约尔,我不知道我为什么还记得他们,可我就是记得,我没有一天不在想他们。"

米拉莱斯不说话了,他取出一条手帕,擦干了眼泪,吸了吸鼻子;他没有不好意思,好像当着别人的面哭泣根本不算什么让人害羞的事情,荷马笔下的老战士们是这样的,萨拉米斯的士兵可能也是这样的。后来他一口把冷掉的咖啡喝光了。我们保持着沉默,吸着烟。阳台上的光越来越弱了;已经几乎听不到汽车的声音了。我感到有点高兴,有点陶醉,甚至有些幸福。我想:他还记得所有那些在战争中死去的战友,就像我记得我的父亲,费尔洛西奥、米克尔·阿吉雷和豪梅·菲格拉斯记得各自的父亲,波拉尼奥记得他的那些拉美朋友一样。他还记得他们是因为,尽管已经过去六十年了,但其实他们并没有真正死去,而这恰恰是因为他还记得他们。又或者说不是他记得他们,而是他们牢牢地抓住了他的记忆,他们不愿意完全从这个世界消失。可是如果米拉莱斯也死了,我又想,他的朋友们也就彻底死了,因为这个世界上再也不会有人为了不让他们彻底离开而记得他们了。

我们聊了好一阵子其他事情,一杯又一杯地喝着咖啡,一根又一根地抽着烟,还有挺长时间我们两人都没说话,好像我们并不是那天早晨才刚刚认识一样。在某个时刻我偷偷看了一眼手表,米拉莱斯突然开口说话,吓了我一跳。

"您觉得无聊了。"他说道。

"我不无聊,"我答道,"不过我的火车八点半开。"

"您要走了?"

"恐怕是的。"

米拉莱斯握住拐杖,从扶手椅上站了起来,说道:

"我没太帮上忙,是吧?您觉得现在您能写完那本书了吗?"

"我不知道,"我诚实地回答道,不过过了一会儿我又说道,"我觉得应该可以了,"然后我又补充道,"如果我继续写的话,我保证一定会提到您的朋友们的。"

米拉莱斯好像没听到我的话,他说道:

"我陪您出去,"他指了指桌子上的那条香烟,"别忘了把这个带走。"

我们正要走出他的公寓时米拉莱斯突然停了下来。

"请告诉我一件事,"他的手放在了门把手上,门已经半开了,"您为什么想找到那个放走了桑切斯·马萨斯的士兵?"

我毫不迟疑地答道:"我想问他那天早晨,在树林里,枪决发生之后,当他认出了桑切斯·马萨斯并盯着他的眼睛看时在想些什么。我想问他在桑切斯·马萨斯的眼中看到了什么。还想问他为什么要放走他,为什么不把他抓住或是杀了他。"

"他为什么要杀了他呢?"

"因为战争就是你杀我我杀你,"我说道,"因为正是由于桑切斯·马萨斯和他的四五个同伴的过错才发生了那一系列的战事,才迫使那个士兵走上了注定没有归来之日的逃亡道路。因为如果有人值得被枪决的话,那人就是桑切斯·马萨斯。"

米拉莱斯听出我用了他曾经说过的话,只好笑着点了点头,然后打开了门,用拐杖轻轻在我的腿肚子上敲了一下,说道:

"走吧,可别误了火车。咱们坐电梯下到一楼,到接待台叫辆出租车。"

"替我向弗朗索瓦丝嬷嬷道别。"我们向大门口走去时我这样说道。

"您不会再来了吗?"

"如果您不愿意我再来,我就不来了。"

"谁说我不愿意了。"

"那么我保证我一定还会再来的。"

外面的光线昏暗,已经是傍晚时分了。我们在电话里让出租车停在花园门前。正对面的信号灯毫无意义地闪烁着,因为戴斯路和孔波特路的交叉口车流量很小,人行道上也没有人。我的右手边有一幢居民楼,不是很高,带有大玻璃窗和阳台,从那儿肯定能看到尼姆菲斯养老院的花园。我心里想着那儿很适宜居住,想着其实所有的地方都适宜人居住,想着利斯特手下的那个士兵。我突然说了一句:

"您觉得他在想什么呢?"

"那个士兵?"我转向米拉莱斯。他全身的重量似乎都压在了那根拐杖上,此刻正盯着那个信号灯看,现在是红灯。当红灯变成绿灯的时候,米拉莱斯用很平静的目光看向我,说道:"什么也没想。"

"什么也没想?"

"什么也没想。"

出租车还在路上。差一刻钟就到八点了,我还得回旅店付房费、取行李。

"您要是还来的话,记得给我带点儿什么来。"

"除了香烟?"

"对。"

"您喜欢音乐吗?"

"我以前喜欢。现在已经不听了:现在我一听音乐心情就不好,就会突然想起以前的事情,尤其是所有发生在我身上的事情。"

"波拉尼奥对我说您很会跳舞。"

"他是这么说的?"他笑了,"这个混蛋智利人!"

"有一天晚上他看见您和一位女性朋友在房车旁边跳《西班牙的叹息》。"

"要是您能说服弗朗索瓦丝嬷嬷的话,也许我现在还能跳,"米拉莱斯冲我挤了挤伤疤一侧的眼睛,说道,"那是支很美的双步舞曲,您不觉得吗?看,出租车来了。"

出租车停在了街角,就停在我们旁边。

"好了,"米拉莱斯说道,"希望我们能很快再见面。"

"我会回来的。"

"我能请您帮个忙吗?"

他盯着信号灯的光芒说道:

"我已经有很多年没拥抱过任何人了。"

我听到了米拉莱斯的拐杖落在人行道上的声音,我感到他粗大的胳膊用力挤压着我,而我的胳膊甚至不能完全绕过他的身子,我感到自己很渺小,很脆弱,我闻到了药味、多年与世隔绝的气味和炖菜的味道,但最浓郁的还是衰老的味道,我知道那是英雄身上特有的不幸气味。

我们松开了拥抱,米拉莱斯捡起他的拐杖,把我推进了出租车。我进车坐下,给了司机维克多·雨果旅店的地址,我请他再稍等一会儿,然后摇下了车窗玻璃。

"有件事我还没告诉您,"我对米拉莱斯说道,"桑切斯·马萨斯认识那个救他的士兵。有一次他看到那个士兵在科耶里修道院的花园里跳舞,一个人跳,跳的也是那首《西班牙的叹息》。"米拉莱斯从人行道走了下来,走近出租车,用一只手撑在车玻璃上。我确信米拉莱斯会给我一个答复的,因为我认为他不会否认事实。我像是乞求一样地问了一句:"那个人就是您,是吗?"

我看见米拉莱斯犹豫了一下,然后深情地笑了起来,露出了他那两排稀疏的牙齿。他的回答是:

"不是我。"

他把手从玻璃上挪开,让司机发动汽车。然后他突然说了句什么,我没听清(可能是一个名字,但是我不确定),因为出租车已经开始行驶了,我赶忙把头从车窗探了出去,问他刚才说了什么,可是已经太迟了,我已经完全听不到他的声音了,我看见他举起拐杖做了最后的告别,最后我透过车的后窗玻璃看到他转身朝养老院走去了。他走得很慢,拖着半边身子,似乎没什么气力,但又像是心情不错,他穿着灰色衬衫,裤子有些破旧,脚上是一双毛毡拖鞋,在养老院那浅绿色主墙面的映衬下显得很渺小,可是他高昂着头,表情无比坚毅,在拐杖的帮助下，他那不成比例的壮实身躯在晃动着前行，当他打开花园大门时，我的内心突然生起了一股怀念之情，似乎我并不是在亲眼望着米拉莱斯，而是在回忆着他，也许因为在那一刻我突然想到可能自己不会再回来见他了，可能我将只能永远像那时一样回忆着他。

我用最快的速度在旅店收拾好行李，付了房费，到达火车站时刚好来得及上车。那还是一趟卧铺列车，和我来时坐的车很像，也可能就是同一趟车。我穿过铺着绿色地毯的空荡过道，来到了餐车，那节车厢里有两排整齐的餐桌，配着柔软的南瓜色皮质座椅。只有一个空位了。我坐了下来，因为还不饿，就只点了杯威士忌。我喝了一口，吸着烟，透过车窗望去，夜色中的第戎若隐若现，很快就在越来越黑的天色中失去了踪影。此时车窗上只能看到反射出的车厢内的景象了。我看着车窗上反射出的自己：有点胖，有点显老，还有点悲伤。不过我感到很开心，甚至觉得很幸福。我想着等到回到赫罗纳后，我要给孔琪和波拉尼奥打电话，告诉他们米拉莱斯的情况，给他们讲讲那座叫作第戎而实际是斯托克顿的城市的情况。我计划着到斯托克顿去的一次、两次、三次旅行。我会去斯托克顿的，我还要在正对着养老院的戴斯路上的公寓里安顿下来，每天早晨和下午都要找米拉莱斯聊天，和他一起躲在花园长椅上或是他的房间里偷偷抽烟，可能再过一阵子，我们就什么也不聊、什么也不说了，只是一起静静地感受时间的流逝，因为到那时候我们肯定已经成为很要好的朋友了，不需要过多的交谈，只要待在一起就心满意足了。到了晚上，我会坐在自己公寓内的阳台上，手里拿一盒香烟和一瓶葡萄酒，等待着戴斯路的另一侧属于米拉莱斯的那间公寓中的灯光熄灭,然后我会继续在黑暗的阳台上再待一阵子,继续吸烟、喝酒,那时他应该已经睡着了,不过也可能他失眠了,就在离我很近的地方,躺在他的床上,回忆着他那些死去的朋友。我很后悔没有让孔琪陪我来第戎,有那么一刻我甚至幻想出了孔琪、我和波拉尼奥一起陪伴着米拉莱斯的欢愉场景,我想象着我们三个人一定能说服波拉尼奥一起去第戎的,就像是去斯托克顿一样,波拉尼奥会和他的老婆孩子一起去斯托克顿的,我们六个人会租一辆车,在周边的村落中郊游,我们会组成一个难以想象的古怪家庭,不过到时候米拉莱斯就不再是孤身一人了(也许我也不再是了),而孔琪会特别想要一个孩子(可能我也一样)。我还想象着某一天,也许那天并不遥远,弗朗索瓦丝嬷嬷会在某个夜晚给我在赫罗纳的家、给孔琪在夸尔特的家、给波拉尼奥在布拉内斯的家打电话,而我们在第二天就会立刻出发前往第戎,尽管我们实际到达的地方可能是斯托克顿,最终我们会到达斯托克顿,我们会清空米拉莱斯的公寓,丢掉他的衣服,把屋里的家具卖掉或是捐掉,然后保存下某些东西,我们保存下来的东西肯定很少,因为米拉莱斯自己留着的东西就很少,可能就是几张照片,照片里的他脸上挂着微笑和老婆女儿在一起,或是穿着军装和其他几个同样是士兵打扮的年轻人在一起,再没什么别的东西了,我也不知道他会不会还保留着某张刻有早就没人愿意听的双步舞曲的老式唱片。再后来会有一场葬礼,然后是下葬,我们会在葬礼上放音乐,放那张老式唱片里属于一首悲伤至极的双步舞曲的那令人动情的音乐,再然后我会拉着弗朗索瓦丝嬷嬷求她和我一起在米拉莱斯坟前跳一支舞，我会要求她在米拉莱斯的新坟前跳一支她根本不会跳的舞，我们会偷偷地跳，没人会看到，在第戎在法国在西班牙在全欧洲都不会有人知道有这么一位漂亮聪明的、米拉莱斯一直想和她跳舞而且不敢摸她屁股的修女的存在，也不会有人知道有一位来自小城市的记者在一个忧郁城市的无名公墓中的一个属于一位加泰罗尼亚老共产党员的坟前跳了舞，除了一个母性爆棚的不信教的女占卜师和一个可能正在吸着烟的眼神迷离的有点孤僻严肃的迷失在欧洲的智利人之外再也不会有其他人知道那些事情，那个智利人会在米拉莱斯坟前看着我们跳舞就像是许多年前的那个夜晚他看着米拉莱斯和露丝在海洋之星野营地的一辆房车的防雨罩下跳舞一样，他会看着我们起舞然后问自己这首双步舞曲是否和之前那首是一样的，他会这样问自己但是却不寄希望得到任何回答，因为他早就知道唯一的答案就是没有答案，唯一的答案就是某种深不可测的隐秘幸福，它是和残酷联系在一起的而且抵制理智并且同时和本能无关，它带有一种盲目的顽固就像血液要在血管中流动地球会沿着轨道移动所有的生物都有各自的固定特征一样，它就像溪水躲避着岩石一样躲避着言语的描述，因为言语只能被用来描述自己本身、描述可描述之物，也就是说，它可以描述所有东西但就是不能描述那支配着我们的东西使我们生存的东西和影响着我们的东西，也不能描述那个修女和实际是我本人的那个记者在米拉莱斯坟前跳舞就好像那支荒诞的舞蹈对他们而言就意味着生命，更不能描述祈祷她和她的家人能在黑暗时代得到拯救的那个女人的行为。而在那里，坐在餐车那南瓜色的柔软扶手椅上,随着火车的轰隆声摇动着身子,我的脑海中不断地浮现出各种词汇,周围的人依旧在吃着饭,我眼前的酒杯几乎已经空了,我身旁的车窗上反射出一个悲伤的男人的形象,那不应该是我但那确实就是我,就在那里,我突然看到了我要写的那本书,那本从好几年前我就准备要写的书,我完整地看到了它,看到了它被写完后的样子,从开头到结尾,从第一行到最后一行,我就是在那里想通了那件事的:尽管不会有任何一个操蛋国家的任何一座城市的任何一片区域会以米拉莱斯的名字来命名,可是只要我把米拉莱斯的故事讲出来,他就会以某种形式继续存在下去,只要我谈及他们,加西亚·塞盖斯兄弟,也就是若昂和莱拉,米克尔·卡尔多斯,加比·巴尔德里奇,皮波·卡纳尔,"胖子"奥德纳,桑地·布鲁加达和约迪·古达约尔,他们就会继续存在下去,尽管实际上他们已经死去许多年了,死了,死了,死了。我会提到米拉莱斯,我会提到他们所有人,一个都不会少,我当然也会提到菲格拉斯兄弟和安赫拉斯,也会提到玛利亚·费雷、我的父亲甚至是波拉尼奥的那些年轻的拉美朋友,我更加会提到桑切斯·马萨斯和那队在最后时刻拯救了文明的士兵,只不过桑切斯·马萨斯并不在那队士兵之中,可米拉莱斯在。我会提到那些不可思议的时刻,在那些时刻里人类文明的命运掌握在一个孤独的男人手里,我会提到那个男人,也会提到文明给那个男人做出的微末回报。我看到了我的书真正完成之后的样子,看到了我那个完整的真实的虚构故事,我知道自己唯一需要做的就是把它写出来,把它完整地腾出来,因为它一直就存在于我的脑海之中,从开头("我是在1994年夏天第一次听说枪决拉斐尔·桑切斯·马萨斯事件的,到现在已经过去六年了")到结尾,在故事的结尾我会写到一个失败的大龄记者在一辆行驶在法国田野中的夜车餐车里开心地抽着烟、喝着威士忌,他的身边是正在吃着晚餐的其他乘客和打着黑色领结的服务生,他感到很幸福,他会想着一位有勇气和道德的年长男人,那个男人从来不犯错,至少在最不该犯错的关键时刻不犯错,他会想着那个正直勇敢的男人,他会想着自己要写一本书,而那本书会在男人死后让他继续在这个世界上存在下去,然后记者会望着车窗上反射出的悲伤年迈的自己,黑夜逐渐袭来,车窗上的倒影会慢慢消散,最后在车窗上会出现一片没有尽头的炎热的沙漠,一个孤独的士兵举着一面不是他的祖国的国家的国旗,在那时,那个国家就代表着所有的国家,而它只有在那个士兵依旧高举着那面破旧旗帜时才会存在,士兵很年轻,默默无闻,衣衫破烂,满身沙土,在那片无尽的沙海中显得何其渺小,然而他依旧顶着车窗上的那轮黑色的日头前进着,他不知道自己要去往何处,不知道有谁会和自己一同前行,也不知道自己行进的目的是什么,不过对他而言,最重要的事就是继续前进,前进,前进,一直前进。

2015版后记

一

据说有人曾经问T.S.艾略特在《四个四重奏》的开头写下的下列诗句到底是想表达什么意思：

现在的时间和过去的时间
也许都存在于未来的时间，
而未来的时间又包容于过去的时间。

艾略特认真地听了这个问题，想了几秒钟，答道："我想表达的意思就是：

现在的时间和过去的时间
也许都存在于未来的时间，
而未来的时间又包容于过去的时间。"

确实如此：一个作家思考自己的书到底有什么意义，除了有些滑稽之外，通常结果都没有太大意义，至少就像是某个幽默大师去想自己刚刚讲过的笑话到底笑点何在一样。一则笑话到底好不好笑，到底有没有被理解，这往往不取决于讲笑话的人，一本书也是同理。我想说的是，作者所能做的只是在可能的范围内选择最恰当的方式把他想说的东西以书的形式记录下来。剩下的就是读者的任务了，读者才是那个把书补全的人，只有读者才能赋予作品完整的意义、崭新且不同的含义；所以一本书的读者各不相同，对它的诠释也就大不一样；因此，从某种意义上来说，每个读者都会创造出只属于他的那部作品。这一点明确之后，我想谈谈《萨拉米斯的士兵》，那是我在2001年2月出版的小说，距今已经十四年了，此书在出版后有了大批读者，还出现了许多对它的评论。我在这里只是试着尽可能少地去评价它。我还想补充一点的是，接下来我说的话可能只对那些像我一样刚刚读完这本书或者是刚刚重读完这本书的读者才有意义。

二

我想说的第一件事情是，一直到我写《萨拉米斯的士兵》之前不久，写一本关于内战的书还从来都没有出现在我的写作计划里。第二件我想说的事情是，《萨拉米斯的士兵》不是一本写内战的书，或者说它是一本写内战的书，可更是一本写我们与发生在六十年前的那场战争的关系的书，是一本证明内战的影响在二十一世纪依然存在的书，是一本写内战中的英雄与亡者的书，或者说只是一本单纯描写英雄与亡者的书。上面两件我想说的事情中的第二件在我看来是确凿无疑的，不过第一件则不然，所以也许我应该再好好解释一下。

《萨拉米斯的士兵》对于我而言意味良多，其中包括代表着我精神分裂时期的结束。在创作这本书之前我一直过着两种生活。一方面我是个语文学家,在省里的一所小规模大学里教文学课,我指的是赫罗纳大学;另一方面我是个小说家(或者我希望自己是个小说家):事实上我希望能以小说家的身份谋生,而不是当一个只是偶尔出版小说的大学老师。那两种生活状态同时存在于我的体内,可它们真是太不相同了。当学生时我一开始对经典文学很感兴趣,尤其是欧洲中世纪文学和西班牙黄金世纪文学,后来我当了老师,一直教授西班牙当代文学,尤其是二十世纪文学,特别是战时文学和战后文学。作为作家则相反,一直到接近四十岁时我还一直想当个比较正统的后现代主义作家,我对后现代主义文学的阅读就和西班牙文学关系不大了:从青年时期起我就成了卡夫卡和博尔赫斯的狂热读者,我的偶像则是美国的后现代主义作家和拉丁美洲"文学爆炸"的作家,我疯狂阅读卡尔维诺、佩雷克、汉德克、伯恩哈德和昆德拉,但是我也读康拉德、福楼拜、海明威、伊夫林·沃和美国及欧洲的新小说家的作品,那种混乱的阅读所导致的必然结果就是把我自己变成了一个照本宣科、过分追求文学性、过度炫技的作家,我推崇奇幻和幽默,创作时总是想使用最复杂的语言和结构。我身体中的那两种对立的状态倒也不乏相同之处,最显而易见的例子:贡萨洛·苏亚雷斯,作为语文学家的我需要通过阅读他的作品来写博士论文,而作为作家的我则通过对他的阅读来解决寻找个人写作风格的迫切需求,毕竟他算得上是西班牙第一位后现代主义作家。不过从整体上看,语文学家和作者这两种身份实在是千差万别,尤其是在涉及内战的时候:就像胡安·贝内特一样,语文学家认为"内战毫无疑问是西班牙当代史上最重要的历史事件,甚至可能是整个西班牙历史上最具决定意义的事件",类似的论述多如牛毛;而作家则相反,可能那个时期几乎整个一代西班牙作家和电影工作者都认为内战已经成为过时的题材了,关于内战的大同小异的小说和电影太多了,觉得那种永恒的冲突不会落到自己头上,于是总是嘲讽式地和内战主题保持距离,甚至有些看热闹的心态,抱着不恭敬的怀疑论去对待内战,认为内战主题和当时作家们竭力完善的新式写作技巧是不相容的。这种不相容性看上去被最终证实了:在我创作《萨拉米斯的士兵》之前不久,我试过去写一本内战题材的小说,可是在我写了一百五十页之后,我发现我只不过是写出了又一本乏味雷同的内战小说,于是我做了个明智的决定,把它丢进了废纸篓。

但是所有人都知道,人生中没有什么事是固定不变的,否则人生也就不是人生了;所有人也都知道我们从失败中学到的东西总是会比从成功中学到的东西要多得多。总之我很确定如果没有那本半途而废的内战小说的话,我是永远都无法写出《萨拉米斯的士兵》来的。后一本书的创新之处,如果说存在的话,那就在它的形式上,因为小说就是形式,所以根本没有被写完的主题,有的只是被用尽的形式:写出《萨拉米斯的士兵》的是一个具有双重身份的人,是个没有语文学家野心的严肃语文学家,也是个受后现代主义启发并多年致力于用阅读过程中学习到的技巧尝试写作的作家,而且他几十年来一直在无意中(或者说部分无意)努力尝试使自己和语文学家的身份相融合,希望以此来逃脱那种二重性带来的痛苦。可想而知要终结这种精神分裂的状态绝不容易,部分因为这种精神状态，这部小说在很多层面上可以反映出那两种身份的融合。举个例子：在《萨拉米斯的士兵》中可以看到我们这一代人的历史观，在故事开头，和世纪之交许多人所认为的一样，主人公也极为厌烦关于内战的那些雷同的小说和电影，他觉得内战是件很遥远的事情，就像萨拉米斯海战一样遥远，而在故事的最后他发现自己错了，他明白了内战不属于过去而属于现在，或者说属于现在的某个维度，因为如果没有内战的话，我们的现实就无法解释了，无论是群体的现实还是个体的现实都是如此；或者换句话说，主人公明白了，就像福克纳所言，过去永远都不会过去，它甚至压根就不是过去；再或者主人公只是简单地明白了我在这篇后记开头提到过两次的艾略特的那首诗的真正含义，尤其是在我提到的那三句诗下面紧接着的两句：

假若全部时间永远存在
全部时间就都再也无法挽回。

从故事叙述者的转变过程中也可以看出那种精神分裂被治愈的痕迹，他在故事开头表现出的讽刺感、距离感和所持的后现代怀疑论在故事最后变成了挽歌式的情感爆发，宣泄的情感极为肆意，影响到了整个故事所蕴含的情绪，甚至对于我长久以来坚持的美学原则都是一种有意识的践踏，我只能想到将之称为后后现代主义。一篇文章对此也有所提及，说故事的结尾改变了整个小说的走向，还说那是"极为危险的场景，使得整本书走到了多愁善感的深渊边缘"，不过紧接着笔锋一转，又说"那也是《萨拉米斯的士兵》最成功之处：它赋予了整个故事合理性和力量感"。毫无疑问小说的结尾部分非常危险,说那是最成功之处未免有狂傲自大的嫌疑;事实上我只能说,如果那算不得是个错误的话,那么我只是忠实地按照故事的要求(或者是我认为的故事的要求)而非我遵循的美学原则把它写了出来。其实这算不了什么,因为一个不敢因为忠实于正在书写的故事而背弃自己的美学原则的作家压根就不配当作家。无论怎样,往坏处想想,也有可能那不是最成功之处,而是最失败之处,因为它凌驾于整个故事之上;不过从美学原则的纯正抽象性角度出发,为之进行辩护是有可能的。发起对这一问题的讨论或辩驳的人并不是我。既然提到了它,那么我不妨引用一下大卫·福斯特·华莱士的话,他是第一个对后现代主义进行根本性批判的后现代主义作家,虽说他到最后也未能摆脱后现代主义,他的悲剧也部分源自于此;我要引用的话是他在1990年说的,也就是《萨拉米斯的士兵》出版前十一年,他写下这些话时心里想的是他的同胞,我倒是怀疑他想得更多的是自己,不过我觉得其中有些话也同样适用于《萨拉米斯的士兵》,或者至少适用于这部小说的结论:

> 这个国家下一批真正的文学反叛者将以抵制反叛的奇怪面貌出现,他们天生爱看热闹,从某种程度上说他们敢于从讽刺性的目光中抽身而退,以孩童般的无忌心态去认同和实践那些缺乏双重意义的原则。他们会满怀敬意和信仰地去重拾美国生活中已经过时的问题和情感。他们逃避自我意识,不追逐时髦。当然了,这种抵制反叛的行为会在开始之前就已经过时,会亡于纸页之间。他

们过度真诚，明显会受到压制。他们陈旧过时、主张复旧、天真单纯、不合时宜。不过也许这就是为何他们会成为下一批真正的反叛者的原因。在我看来，真正的反叛必然要冒被大肆批判的风险。往日的后现代反叛者经历了无数令人作呕的尖叫：恐怖、争执、审查制度，以及来自社会主义、无政府主义和虚无主义的控诉。现今的风险却不一样。新一代的反叛者可能是这样一类艺术家，他们要直面打着哈欠、翻着白眼、面带冷笑、讽刺挖苦还会说出"哦，真土"之类的话的那批人。同时还要面对认为他们是多愁善感、过度轻信、脑中无物之人的指责。

我说过其中只有某些话适用于《萨拉米斯的士兵》，或者说我希望那些话适用于这本书；我还想补充的是，如果把关于讽刺、双重意义和自我意识的部分删掉的话，可能上文中所有的话就都适用于这本小说了。

三

在最近这十四年里我不断问自己《萨拉米斯的士兵》到底为何会出人意料地获得成功，要知道写出这本书的是位在当时默默无闻、不入流的作家，他没有什么远大的文学抱负，出版此书的过程也并没有大张旗鼓。我给自己的答案总是十分空洞，透着一股不确定性，直到不久之前我才觉得自己找到了那个问题的真正答案。

理查德·罗蒂说，一部作品的成就取决于艺术家的私人念想和社会大众需求之间的不幸一致。我觉得这个说法非常准确,至少对于《萨拉米斯的士兵》而言是这样的。这本书如今已经被译成了十几种语言,确实在其他一些国家里也得到了大量阅读,而且也在不断吸引着新的读者;不过它在任何其他国家都不像在西班牙这样长期出现在畅销榜单上,这种情况用科学的方法是很难解释的,这可能意味着只有在西班牙才出现了罗蒂提到的那种一致性。随着时间的推移我不断发现小说中透露出的私人念想是什么,它们都很私密、隐秘且难以言表(在很多年里甚至对于我本人而言它们同样是隐秘且难以言表的,只是到后来我才终于把它们搞清楚了);但是,这之中隐藏的社会大众需求又是什么呢?这本书缓解了大众怎样的迫切需求呢?

想得简单一点,其实答案并不复杂。有些学者说这本书在西班牙对所谓的重构历史记忆运动的兴起有一定的影响。那个运动的名字起得并不好,这一点毫无疑问。首先,"历史记忆"这种说法既含糊又夸张,它同时包含了两个矛盾的概念:记忆是个体的、部分的、主观的,而历史是集体的,且必须具有完整性和客观性;其次,在它起作用的领域里,它的名字更像是种委婉语:那个运动应该被简单地称作重构共和派或共和国(包括内战中共和国的幸存者和佛朗哥阵营中人)记忆运动。不管怎么说,也不管叫什么,那场运动是必要的,也是适时的,因为它致力于给内战中共和国阵营的幸存者和佛朗哥阵营中的人士做出公正的评判,同时促使我们国家真正意义上用批判性的目光重新审视它那段最黑暗的历史。说《萨拉米斯的士兵》在某些方面对该运动起到了推动作用并非无稽之谈,不仅是因为这本书出版的时候该运动正处于爆发边缘,更是因为小说里令人心酸的故事恰好体现了那次运动的核心宗旨:有个共和党人的孙子提出要探寻和挖掘共和时期的历史,而他和身份类似的那群人最后成了该运动最主要的推动者。于是另一种解读这部小说的方式就是,我这代人中的一员由于一系列原因,其中也许包括年轻人对挑衅言行和异端邪说的推崇,开始相对公正地审视那场遥远而冷酷的战争,最后满怀热情地歌颂了共和国的政治和道德,这些都是借助一个共和国士兵或者说他那与众不同的拯救行为表现出来的;因此书中的叙述者寻觅救下桑切斯·马萨斯的共和国士兵的旅程也就是我们这一代人探寻共和国历史的过程,而小说叙述者所发现的过去实际上并未过去,也不能称得上是过去,共和国的过去代表着不可赎回的今日,而我们这代人对那段历史重构的结果就是米拉莱斯这个人物,他在那段往日时光里一直在展现着英雄主义的所有美德,哪怕他的尊严和崇高并没有得到回报,叙述者最后和米拉莱斯的拥抱是全面的、同情的、感人的、维护性的,它表现出了对那段重构出来的历史的亲近和尊重。既然说到这里,那么把下面的情况向读者进行隐瞒就是不诚实的表现了。从某个时候起,一些希望赞扬共和精神、想为恢复那些在内战中死去的共和国英雄的声名发出呐喊(这种呐喊使得许多读者受到了感召、做出了回应)的学者和专家认为,这部小说把共和国阵营和佛朗哥阵营(或者长枪党)等量齐观了,把这部书里表面的主人公拉斐尔·桑切斯·马萨斯和实际的主人公安东尼或安东尼奥·米拉莱斯的政治及道德水平放到了同一个高度,因此他们说这本书毫无疑问是对佛朗哥主义(或长枪党精神)的美化。

我想是出于不理智也好,奇怪想法也罢,刚读完此书的优秀读者自然不会同意上面那种观点。有人提醒我曾在上文中这样说过:一本书的读者各不相同,对它的诠释也就大不一样,每个读者都会创造出只属于他的那部作品。我依旧这么认为。不过同意这种观点并不意味着我认为对同一部作品的品读没有好坏高下、合理与不合理之分。举个例子,单纯把《堂吉诃德》看作"抨击骑士小说之作"——尽管塞万提斯在该书上部的前言里有过类似的说法——自然是很肤浅的,我们可以找出无数理由去反驳这种观点,其中之一就是《堂吉诃德》也是向骑士小说示爱的作品,甚至可以说它是有史以来最棒的骑士小说;单纯把《堂吉诃德》看成是讲两个流氓的故事自然也是不可理喻的,理由很简单,因为堂吉诃德和桑丘根本就不是流氓(要想从根本上解决问题也是可能的:把《堂吉诃德》看作两个流氓的故事也无不可,只不过那会揭露出持此观点的读者的愚蠢和恶意)。同理,把《萨拉米斯的士兵》看作借由桑切斯·马萨斯和米拉莱斯在书中的平等地位来美化佛朗哥主义并隐瞒其暴虐真面目的观点是毫无道理、极为肤浅的(还可以再加上愚蠢或恶意)。只需要回想一下书中的叙事者多次把佛朗哥的统治描述成"狗屎一样的制度"就行了,或者再想想书里经常提到桑切斯·马萨斯是该对内战爆发负直接责任的人之一,同时书中的桑切斯·马萨斯是一个懦弱、没有责任心且专横的人,小说主人公甚至曾经说他值得被枪决,而小说里的米拉莱斯则是个绝对的英雄,故事叙述者多次形容他"纯粹且勇敢,纯粹到无以复加",而且不止一次表示是他拯救了人类文明。上帝啊,这也算"等量齐观"吗!

有很多种理由可以用来解释在西班牙,或者说西班牙语言文化学者们对《萨拉米斯的士兵》下意识做出的诸多阅读评价(在西班牙或西班牙文化覆盖地区之外则并非如此)。在对阿纳托尔·法朗士被人遗忘的关于法国大革命的小说《诸神渴了》的优美辩护中,米兰·昆德拉认为,对于法国读者而言,这本书有在大革命的不同阵营之间找平衡的缺点,他们倾向于把此书看作历史小说,看成对历史的复刻:

> 这对于法国读者而言是个难以逃开的陷阱——昆德拉这样说道,因为在他们国家,大革命已经成了神圣的历史事件,成了国内争论的永恒话题,它把人们分成不同的阵营,彼此对立,因此描写法国大革命的小说必然会因受到那种争论的影响而备受苛责。

还需要再指出昆德拉在此处所说的关于法国读者和法国大革命的话只需略做修改就同样适用于西班牙读者和西班牙内战吗?昆德拉认为恰恰是法国读者的看法造成《诸神渴了》在国外比在法国更受欢迎的状况:

> 所有的小说都有相同的命运,它总是和历史的特定发展阶段紧密联系在一起;故事发生地的人总是会不自觉地在小说里寻觅与他们的亲身经历相关的东西或是寻觅值得热烈讨论的话题;他们总是想着小说里写的东西能不能回答历史遗留的问题;读者们往往没有耐心去做分析,而是把小说当成作者政治观点的体现。

昆德拉认为这是最糟糕的阅读小说的方式,因为:

> 小说家的激情不在政治和历史问题身上。已经有成千上万本专门研究那些问题的书了,小说家又能提供什么新的东西呢?[……]不,作者写出这部小说并不是为了给大革命下结论,而是为了审视参与其中的人身上的谜团,进而探索更多其他的谜团。

在昆德拉所说的诸多事实之中,只需要再加上另一个重要的事实,有时候它被学者和专家遗忘了,或者也可能他们是假装遗忘了它。小说并非宣传性手册:宣传性手册应该是清楚无误、具体明白的;相反,至少从塞万提斯开始,那种程度的真实性就被禁止出现在小说创作中了:小说的真实性是模糊不清的,复杂矛盾的,短暂且具有讽刺意义的。这也就是说,尽管在《萨拉米斯的士兵》中有好人也有坏人——优秀的读者一定能分辨出哪些是好人,哪些是坏人,可就算坏人也不是十恶不赦的,哪怕好人也并非是完美无瑕的。总而言之,在这部小说里我很认真地想去试着理解到底长枪党是什么,真实的桑切斯·马萨斯是怎样的,不过去理解并不意味着要去下结论,而且事实情况恰恰相反,整部小说都是围绕着一次枪决事件展开的,被执行枪决的是佛朗哥阵营的囚犯,而执行枪决的则是共和国士兵。

换句话说:想把小说变成宣传性手册的人压根就不明白小说是什么,也有可能他们是想让小说消失,就像从小说出现之初就存在的那些狂热分子、宗教裁判所人员和极权主义者一样。

四

在结束这篇文字之前,我想谈一谈米拉莱斯。

在所有我创作的人物之中——真实的也好,虚构的也罢,米拉莱斯无疑是我最喜欢的那个。我这样说显然是因为尽管从《萨拉米斯的士兵》(或者从我写的第一本书)开始,可能我所做的就是在探索英雄主义的神秘天性,可米拉莱斯是唯一一个我创造出来的纯正的英雄,也是唯一一个和荷马笔下的英雄们有相同气质的英雄。我不知道这个人物的创作灵感从何而来;我只记得自己在写他的故事时深深地被他身上散发出的挫败感所吸引;我还知道自己等待这个人物的出现已经很久了(就像小说中的叙事者一样),而当他出现时,我压根无须借助他的口来说出我的想法,因为他完全可以主导自己的话语。翁贝托·埃科说过比起了解我们自己的父亲来,我们要更了解《红与黑》的主人公于连;我也可以说我了解米拉莱斯要比了解我父亲更多,我曾不止一次生出出版一本对他的访谈录的有趣想法,那位参加过无数战争的老兵肯定已经读过《萨拉米斯的士兵》了,而且他的反馈一定不会太好,在那本访谈录里他会在回答我的问题时爆着粗口说些和神灵及人类相关的事情。有人把米拉莱斯在小说最后的出场和科茨上校在《现代启示录》最后的现身相比较。尽管我在创作小说时脑子里并没有想着弗朗西斯·福特·科波拉的那部电影,可是我觉得那种比较是很准确的,至少从形式的角度看是如此:无论是科茨上校在几乎整部影片中还是米拉莱斯在几乎整部小说中的隐匿不见都是一种在场的方式,米拉莱斯在故事最后的现身以反作用的形式使他成为故事的绝对主角,并且赋予了整部小说全新的意义,这和科茨上校在影片最后的出现所起到的作用一样。除此之外,所有人都合理地认为那个士兵拯救桑切斯·马萨斯的举动是仁慈的表现;就我所知,几乎没人注意到那也是勇敢的象征:我们忘记了真正的战争是怎样的,因此我们也就不会记起在一场真正的战争中——不必一定是像西班牙内战这样残酷的战争,如果你不杀死那个你应该杀死的人,或者甚至不把他俘虏的话,那么通常最终丢掉性命的就是你自己,这和在应当进攻时却退缩求全、在应当斗争时却忍让求和最终会伤害自己是一样的道理。也就是说,不管米拉莱斯和那个士兵是否是同一个人,士兵并非只是救下了一个敌人的性命,与此同时他也是在拿自己的生命冒险。所以把他视作英雄绝不为过。

五

要说的都说完了。我一向坚持认为不要太在意作家本人对自己作品的解读,因为他所说的自己在书中表达的意思可能并非是他实际表达出的意思,而只是他认为自己表达出来了的东西,或者说是他想要表达的东西,又也许是他希望别人认为他表达出的是那种意思;总之:作者可能是在欺骗我们,或者只是因为他已经把自己骗了。我也从来都没说过:如果作者是完全诚实的,我们就该把他对自己作品的解读当回事,因为没人比他更了解自己的作品。

不过在这里我还是要尝试让自己成为完全诚实的作者。《萨拉米斯的士兵》依然是我出版过的书里被读得最多的,也是我最受大众读者喜爱的作品,不过许多敏锐而诚恳的评论家,或者说大部分评论家,都认为我有比这本书还要好的作品;直到我重读本书之前,我的想法也和他们一样。可现在我不这么认为了;如今我发现,事情往往是这样,那些大众读者才是正确的。不只如此:现在,在听别人对这本书讨论了十四年之后,我发现自己在这十四年里所做的就是试图逃离此书,我竭力避免对它的重复,同时想要写出一本和它在同一高度的作品,也就是说像这本书一样无拘无束、天真质朴,拥有这本书中体现出的绝望和无畏以及无尽的悲伤和无穷的喜悦的作品。很遗憾我可能并没有做到这些,我此时只能承认这一点(或者说我目前的感觉就是这样),不过我保证我会继续尝试完成这个目标。

**Soldados
de
Salamina**